講談社文庫

カイジ

ファイナルゲーム
小説版

円居 挽｜原作 福本伸行

講談社

目次

KAIJI FINAL GAME

カイジ
ファイナルゲーム

小説版

第一章

バベルの塔

利根川《とねがわ》とのEカード、一条《いちじょう》が仕上げた沼との戦い……億の金が動いた熱い勝負から時が流れて、カイジは見事にくすぶっていた。

あの時得た金は訳あって手元に残っていない。それでも機会さえあれば……と思っていたのにそんな勝負の機会すら得られないままいい歳《とし》になり、ロクに仕事も見つけられない有様《ありさま》だ。それでもなるべく突っ立っているだけで金の貰《もら》える仕事を求めて、警備会社に流れ着いた。

そして警備会社の待合室で、カイジは面接の結果を待ちながらぼんやりとテレビを眺めていた。

「次のニュースです。政府は将来ノーベル賞を獲《と》る可能性のある研究について一億円の補助金を出すことを決定しました」

チビチビ張りやがって……こいつら本当にバクチが下手だな。本当にノーベル賞が欲しいなら見込みのある目に百億でも二百億でも張りゃあいいんだ。

まあ、もっともオレも人のこと言えないんだが……。

まさか日本がここまで不景気になるとは思わなかった。東京オリンピックで景気が良くなるなんて見当違いもいいところ、オリンピックが終わった今となっては氷河期のような冷え込みだ。

オリンピックのために山ほど投入された税金はどこ行ったんだろうな。いや、考えるまでもない。悪い連中で山分けしたに決まってる。

待合室のドアが開かれ、先ほどカイジを面接した中年男性が笑顔でこちらを見ていた。

「採用だよ。早速働いてもらおうか。じゃあ、警備主任と一緒に一足先に永田町に行ってくれないかな？」

「すぐ仕事ってのは嬉《うれ》しいんですけど、研修とかは？」

「ああ、向こうでレクチャーがあるから安心して。制服は追って届けさせるから、それまでの間に済むだろう」

どうやら向こうにとっても急な仕事だったようで、カイジは大した審査もなく通ってしまった。

とっぱらいの仕事だが給金は悪くねえ。立ってりゃ終わるし、今夜は少し美味《うま》いもんが食えそうだ。

だがそんな期待もすぐに打ち砕かれる。

「警備主任の安藤《あんどう》だ」

待合室の外で待っていた太《ふと》り肉《じし》の警備主任は明らかに性格の悪そうな男だった。こういう手合いは相手の気に食わないところを見つけるとネチネチ責めてくるのだ。昔のバイト先でも地下労働場でも何度も厭《いや》な目に遭った。

「おい、新入り。名前なんて言うんだ？」

「カイジ……伊藤開司《いとうかいじ》です」

折角手に入れた仕事を失うのも馬鹿らしく、とりあえずカイジは下手に出る。まあ、好かれるとは思わないが、せいぜい嫌われないようにしよう。

「車出してくるから、外で待っとけ」

「はい」

安藤に背を向けて歩き出したら、いきなり尻を蹴られた。

「何ちんたら歩いてんだ。走れ！」

「はい！」

安藤にどやされて、カイジは玄関に向かってダッシュする。

……下らない体育会系のノリを強制されるなんて……情けねえがこれがオレの現実だ。


車中で安藤との会話が弾まないまま、カイジたちは目的地に到着する。

「ほら、さっさと降りろ。数合わせでもしっかりと働けよ。臨時バイトのおまえらの給料は血税から出てるんだからな」

カイジが車を降りると、そこは国会議事堂の裏だった。

永田町って……国会議事堂か。それに聞いてねえぞ、こんなヤバい現場だなんて……。

安藤の後ろについて国会議事堂の正面に出ると、そこは息苦しいほどの緊張に包まれていた。デモをする市民たちが際限なく押しかけ、今にも爆発しそうだ。頼りないロープがどうにかデモ隊とこちらを分かっていた。

「税金を下げろ！」

「いつになったら年金がもらえるんだ！」

「雇用を確保しろ！」

「外資や派遣会社しか儲《もう》かってないぞ！」

カイジはそんな市民たちの声に思わず肯《うなず》きそうになる。

無理もねえよな。失業率は四十％超えなのにインフレで貯金はどんどん目減りしていく。ただでさえ生活必需品にまで高い税金を課せられてキリキリしてるってのに。

オレだってもう長いことビールを飲んでねえ。

「オレたちの仕事はあのロープを連中が越えないように見張ることだ」

「見張るって、本当にそれだけですか？」

「そうだ。見張るだけなんてどんな素人にもできるからな。ウチの会社が警察の天下り先になってるから、警察経由でこういう仕事だけは来るんだよ。その中から適当に抜いて、おまえらみたいな素人を立たせてるってわけだ」

ったく、やる気の下がるようなことを言うんじゃねえよ。派遣じゃピンハネされるのは仕方ねえけど、せめて気分良く働かせてくれ。

ただ状況はわかった。国会議事堂前のデモを抑えるのに所轄の警察官だけでは人手が足りなかったのだろう。だが各地でも略奪が起きていて、応援を回せない……それで民間の警備会社にまで依頼したということか。

それにしたってオレみたいなド素人に警備させるってのもどうかしてる。何かあった時にどうやって責任を取るつもりなんだ？

「そんな緊張すんなよ。まあオレは元警察官だからな。おまえと違ってこういうのには慣れっこなんだよ」

警察ＯＢの肩書きで威圧しようとしたのかもしれないが、カイジはむしろ元という部分が引っかかった。

何か志があって警察を辞めるような人間とは思えない。どうせ在職中に何かやらかしたんだろう。汚職か誤認逮捕か……そんなところだろうな。オレは世間から見ればただのクズかもしれないが、こいつもかなりのクズと見た。

それでも一応、この仕事では先輩にあたる。カイジは精一杯の愛想笑いを浮かべて安藤に話しかけた。

「あの、それより今日の仕事のレクチャーしてほしいんですが」

「あ？……そうだな。お願いされちゃ仕方ねえ。お手本を見せてやるよ」

カイジをその場に残し、安藤はゆっくりとロープの方に歩いていく。そして一人の若者に向かって注意を始める。

「ほら、危ないですから前に出ないで下さい」

そう言いながら安藤は両手をひらひらさせる。だが若者や周囲の人間の視線を手に集めた瞬間、安藤は若者の足を払った。

あいつ、なんてことを！

バランスを崩した若者は両膝を強《したた》かに打ちつけ、悶絶《もんぜつ》していた。

「転びますからね。気をつけて下さい」

安藤は若者たちにそんな白々しいことを言いながら戻ってくると、カイジにこう囁《ささや》く。

「ほら、おまえも後でやっていいぞ。ちょっとした役得みたいなもんだ。まあ、これにはコツが必要だし、暴動になってから適当に殴った方が楽だがな」

安藤はサディスティックな笑みを浮かべて参加を求めてきた。曖昧な顔をして肯定と取られたくなくて、カイジは思わずそっぽを向く。

「ちっ、派遣のガキはいい気なもんだ。せっかく教えてやったのによ」

このデモが本格的に暴動になれば、カイジが暴徒の一人や二人殴ったところでおとがめはないだろう。だが、カイジはどうしてもそんな気持ちになれなかった。

同じだ。踏みつけられ、いいように買い叩《たた》かれ、追い詰められたあいつらとオレとじゃ何も違わない……同じ立場の者同士で争ったって笑うのは上の連中じゃねえか。

カイジは意を決してロープが張られている場所まで行くと、先頭にいる人間たちにこう囁いた。

「おい、あの警備員は陰湿に暴力を振るうから気をつけな。さっきも誰かの足を払って転ばせてたしな」

「なんだと……あいつ、よくも……」

ロープの向こう側のボルテージが高まっていくのを感じる。ますますもって警備の仕事をする気が失《う》せた。

そんなカイジを咎《とが》めようと、安藤が叫びながらこちらに近づいてきた。

「おい、何やってんだ！　もう制服が届くぞ。さっさと着替えておまえも仕事をしろ」

「……こんな仕事やってられるか。オレは辞めるぜ！」

「待て。ここまで来て今更辞めるなんて通るか……」

安藤がそう言った瞬間、人々はロープを乗り越え、安藤に向かって殺到する。

「おまえら、やめろ！　おい、助けろ新入り！」

カイジはそんな安藤の声を無視して、その場から離れる。

ああ、これで今日の給料もパーだ。明日こそ、ちゃんと仕事探さないとな……。

小宮山《こみやま》の打った玉はついに三段目のクルーンに到達した。

「よし、いけ！」

経済産業大臣、小宮山公彦《きみひこ》はパチンコ台に向かって叫んでいた。

帝愛《ていあい》グループが運営する地下巨大カジノ、帝愛ランド……その中でも屈指の金が動くのがここ、名物パチンココーナーだ。そして小宮山が挑んでいる台は通称〝沼〟と呼ばれる、このコーナーの主とも言える存在だった。

かつて様々な人間の人生を丸呑《まるの》みしてきた〝沼〟が、ついに小宮山によって攻略されようとしていた。

「入れ、入れ、入れ！」

小宮山は自覚の若手議員の応援演説よりも遥《はる》かに真剣に祈りを込めて玉を見つめる。玉はしばらくよろよろと転がっていたが、やがて吸い込まれるように当たり穴に落ちた。

その瞬間、フロア中を呑み込むような派手な演出と共に、玉が噴き出してきた。

「ガハハ、これが未来の総理と呼ばれている小宮山公彦の豪運《ごううん》じゃ！」

噴き出る玉を浴びながら小宮山は豪快に笑っていた。

もっとも小宮山は知る由もなかったが、かつては難攻不落と呼ばれた〝沼〟もある男に破られてからは改修され、適度に出る台に変えられた。だからこうして数ヵ月に一度くらいは一億や二億の当たりが出るようになっているが、それにしたってインフレの昨今だ。そのぐらいの負けは胴元の帝愛にとってはさほど痛くもない。

小宮山は玉を浴び飽きたのか、駆け寄ってきたスタッフの一人に話しかける。

「おい、そこの。ワシの当たりはいくらだ？」

「ええと……ちょうど二億円です」

二億……まあ、充分だ。

「よし、これで洗わせてもらおう。換金を」

スタッフの黒服が小宮山の耳元でそっと囁く。

「すぐに現金を用意します。ただ嵩張《かさば》りますので、もしよろしければこちらの金庫でお預かりしましょうか？」

現金？　冗談じゃない！

「誰が現金にしろと言った。こんな怪物みたいなインフレの世に現金なんかダメだ。おい、金《きん》だ！　ゴールドに換えてくれ！」

小宮山は帝愛グループが相当な量の金塊を貯《た》め込んでいることを知っている。その正確な保有量までは把握していないが、軽く一千億分はあるという噂《うわさ》は本当だろう。

一千億の内のたった二億、こいつらにしてみれば痛くもなんともないはずだ。

「申し訳ございません。通常のギャンブルでは金に換えることは出来ません」

だが黒服は小宮山の要求を慇懃無礼《いんぎんぶれい》に突っぱねる。

「これまでいくら使ってやったと思ってるんだ。ＶＩＰ客だぞ。少しぐらいいいだろ！」

帝愛のカジノには数ヵ月通って、この沼には軽く数億は使った。まあ、自分の金ではないから懐が痛んだわけではないが、別に戻してやる義理もない。公費を複数の愛人に使っている大臣だっているのだから、単に使い道が違うだけだ。

まあ、勝ち逃げするには絶好のタイミングだがな……。

「小宮山大臣がどうしてもと仰《おつしや》るならば、ゴールドに交換できる最高のギャンブルをご紹介致しますが」

黒服の言葉を耳にした人間たちがざわめく。

「まさかあれをやるのか……」

「人間秤《はかり》……よもや現職の大臣が挑戦するとは」

勝手に盛り上がり始めるギャラリーたちに小宮山は焦った。

「ふざけるな。あれはダメだ……誰があんな化け物みたいなギャンブルを……」

ギャンブルは好物だが、いくらなんでも自分の破滅までは秤に載せられない。あれは負ければ文字通り全てを失うのだから。

そこに別の黒服が小走りに駆け寄ってきて、小宮山の耳元でそっと囁く。

「大臣。高倉《たかくら》様がお呼びです。VIPルームまでお越し願えますか?」

あの若造が……何の用だ。


通されたVIPルームでは上等なスーツに細い眼鏡をかけた男……高倉が待っていた。

「どうも小宮山さん。お待ちしておりました」

高倉浩介《こうすけ》は元経産官僚で、小宮山が経済産業大臣に就任したタイミングで経済産業省を辞め、政務担当首相秘書官として渋沢《しぶさわ》総理の懐刀に納まった男だ。世間では陰の総理大臣とも囁かれているが、まだ三十前だった。

「沼では大勝ちされたようで」

高倉は物腰こそ丁寧だが、いつもこちらを見下したような目をしている。それが小宮山は気に食わない。

高倉が帝愛ランドのVIPルームを我が物顔で使っているのは渋沢総理のパトロン

が帝愛グループだからだ。そして高倉はこのＶＩＰルームを拠点にして様々な裏工作を行っているらしい。

「何の用だ？　こっちはプライベート中だぞ」

小宮山はソファにどっかと腰を下ろし、ふんぞり返った。そんな小宮山の前のテーブルに、高倉は何かのコピーをポンと置く。どうやら週刊誌のゲラのようだが……。

「これは……」

見出しを読んで小宮山は絶句した。『経済産業省・小宮山大臣、公費でギャンブル狂い』と題されたその記事には、小宮山がこの数ヵ月帝愛ランドに入り浸っていること、そして結構な額の公費をパチンコに注《つ》ぎ込んでいることが詳細に書かれていた。

「公私混同はよろしくありませんね。日本を変えようとする大事な時に」

高倉がリモコンでテレビの電源を入れると、モニターには国会議事堂前での暴動の様子が映し出された。アナウンサーは「既に鎮圧済み」であることを強調するが、バックで流れている頭から血を流して倒れている警備員の姿や爆発して黒焦げになっている車の残骸の映像はひどく生々しく、この暴動が尋常のものではないことを雄弁に伝えていた。

「幸いにしてこの記事は差し止めましたが、こんなものが載ったらまたすぐに暴動ですよ。プライベートならご自身の財布で勝負していただかないと」

「ワシがここで高いギャンブルをしてたのは、ハイクラスな連中しかいないと思ってのことだ。そう簡単に情報が漏れるはずないだろう」

何が差し止めだ。こいつがリークしたに違いない。いや……読めたぞ。何らかの思惑があって、ワシを内閣から外そうとしているのだ。

「貴様、何が目的だ？」

「小宮山さん、あなたの存在は最早《もはや》リスクでしかありません。そこでどうでしょう？　あなたの進退を賭けて、一つ勝負といきませんか」

「そんなもの……ワシに何のメリットがある⁉」

「私なら小宮山さんの望むものを用意できますよ」

高倉がそう言うとＶＩＰルームのドアが開き、黒服が山積みになった金塊を台車に載せて運んできた。

「私に勝てばあなたの二億円を適正なレートで金に交換することをお約束しましょう。というわけで、ここで私とジャンケンをやりましょうか」

「例のゴールドジャンケンか……」

実際にやったことはないが、他の議員たちが高倉からゴールドジャンケンで接待を受けたという話を聞く度に羨ましいと思っていた。まさかその機会がこんな形で訪れるとは思っていなかったが……。

「どうしますか？　決めるのはあなたです」

円の暴落は歯止めが利かず、現金など今や全く信頼出来ない、日ごとに目減りしていく代物だ。こうしている間にもワシの勝ちが僅かながらにも減っているなんて……許せん！

「やるに決まっているだろ」

「左様ですか。では」

高倉がパンパンと手を叩くと、黒服が掌《てのひら》サイズの金の鋳塊《ちゅうかい》と袋を持ってきた。

「ゴールドジャンケンは三回勝負です。お互い、三回のうち必ず一回はこの金を握って出すことがルールです。つまり一回は必ずグーを出さなければいけません。ただし小宮山さんが金を握ったグーで勝った場合、その金をボーナスとして得ることが出来ます」

高倉はそう説明すると、袋に三つの鋳塊を入れ、小宮山に渡してきた。小粒でも本物の金だ。ずっしりと重い。

このゴールドジャンケンは高倉が与党議員や財界人の接待や野党議員の買収工作のために考案したギャンブルで、ここぞというタイミングで勝たせてゴールドをお持ち帰りいただくという寸法だ。手で握れるサイズのゴールドの値段なんてたかが知れているが、それでも気の利いた土産なのは確かだ。

「普段は握って勝った金しかお持ち帰りいただけないのですが、今回は一度でも握って勝ったら二億円全てを金にして持ち帰れるという特別ルールにしましょう。ちなみに負けてもお金はいただきませんよ」

どういうことだ？　それは願ってもない申し出だが、あまりにも話が美味すぎる。

そんな小宮山の疑問はすぐに解消された。

「その代わり、私が勝ち越した場合は大臣を即刻お辞め頂きます。二億円は退職金と思ってお持ち帰り下さい」

「なんだと？　貴様、誰に向かってそんな口を……」

高倉の言葉は小宮山を激昂《げきこう》させるのに充分だった。

二億ぽっちが退職金だと？　全然足りんわ。他の大臣連中はもっと貯め込んでいるという話ではないか。

「ですから、勝負を受けるかどうか決めるのは大臣ご自身です」

まさか進退を賭ける羽目になるとは思ってもいなかったが……それでも二億円分の金塊は欲しい。

……そう、勝てば問題ないのだ。

「いいだろう。若造のおまえに負けるほど老いぼれちゃいない」

今はとりあえずゴールドだ。ここで守銭奴のようにゴールドをかき集めさえすれば、あとは保有しているだけでも勝手に価値が上がっていく。

ワシは経産大臣で終わる器ではない。ここで勝って弾みをつけて、ゆくゆくは総理大臣にまで上り詰めてやる……。

「では、ご準備を」

「準備ならもうできている。早くやるぞ！」

小宮山は袋に手を入れたまま、手を背後に回す。そして金を握り、そっと袋から手を抜く。

最低一回はゴールドを握ってグーを出さないといけない。ならば二回戦、三回戦で自由に戦うことを見据えて、最初にゴールドを握ってグーを出すのがセオリーだ。もちろん、それぐらい読まれているかもしれないが……案外、盲点かもしれん。それに、最初にグーで勝てれば目的は半分以上達成されたようなものだ。

そんな小宮山の内心を知ってか知らずか、高倉が誘うように笑う。

「さあ始めましょう。ジャンケン……」

翌日の昼、高倉は総理官邸の会議室にいた。会議室には首相の渋沢総一郎《そういちろう》をはじめとした現役閣僚たち、そして財界人たちが集まっていたが一席だけ不自然に空いていた。

高倉は一つだけぽっかりと空いた席を一瞥《いちべつ》して苦笑する。

それにしても愚かしい男だった……グーしか出さないとは。

「では総理、そろそろ……」

会議の開始を促すと渋沢は首を傾《かし》げる。

「しかし高倉くん、小宮山大臣がまだのようだが？」

「この会議が終わり次第、小宮山大臣には緊急会見をしてもらう手筈《てはず》になっていますので……」

「あ、ああ。そうだったな……」

怯《おび》えの色を見せる渋沢に高倉は思わずため息を吐《つ》きそうになる。小宮山の辞任が決まったことは昨夜すぐに報告したはずだ。

この男、やはり総理の器ではない。

「……では始めるとしましょう」

渋沢は有識者会議をスタートさせた。

「本日はお集まり頂きありがとうございます。ご存じの通り、日本は今危機的状態に陥っています。日本を立て直すためにも、是非皆様の忌憚《きたん》なきご意見をお聞かせ下さい」

表向きは政界と財界の意見交換の場ということになっているが、出席している財界人はいずれも大臣たちに多額の献金をしている者ばかりだ。忌憚なき意見など出るはずもない。

そもそも財界人の大半は何故《なぜ》ここに呼ばれたのかさえ理解していないだろう。口を開けて餌を待っているヒナのようなものだ。

もっともそれは総理の渋沢も同じこと。高倉が用意した原稿をただ読むだけだ。それにもかかわらず、平気で何度も読み間違いをする。なるべく平易な言い回しを使っているというのにだ。

何故なら渋沢は自分の頭で考えていないから。いや、渋沢だけでなく他の大臣連中も同じだ。秘書官や各省庁の官僚のサポートがないと何もできない愚か者しかいない。

沈黙に耐えかねたように渋沢が一同に呼びかける。

「……どなたか、ご意見はありませんか？」

高倉は手を挙げる。ひとまずは閣僚や財界人たちに発言の機会を与えたという事実だけで充分だ。

「総理。私から提案があります。よろしいですか」

「どうぞ」

有識者会議という場を設け、高倉が財界人たちを説得する……最初からそういう筋書なのだ。

　本来、渋沢一人で財界人たちを説得できればこんな会議は必要ない。この頼りない男の取り柄は育ちの良さと見てくれだけ……まあ、だからこそ高倉の傀儡《かいらい》として丁度良いのだが。

「政務担当首相秘書官の高倉です。それではこのスクリーンをご覧下さい」

　高倉の考案した緊急財政政策がスクリーンに映し出される。その内容は消費税を三十%に引き上げ、年金受給額を四十%カットし、生活保護費の支給は廃止するというものだ。

「やりすぎだ！」

　スクリーンの内容を理解した財界人の一人がそう叫ぶ。するとそれに呼応するように他の者たちも口々に政策を非難し始めた。

「そうだ！　国民が許すわけがない！」

「そんなことして貧困層はどうなる⁉」

　立て続けの反駁《はんばく》に高倉は苛立《いらだ》つ。

　心にも思っていないことを口にするな。どうせ、おまえたちは大して痛くはないだろうに。

「高倉くん……」

渋沢が心配そうな表情で高倉の顔色を窺《うかが》っている。

だからおまえは駄目なんだ。

そんな本音はおくびにも出さず、高倉は総理に優しい声をかける。

「総理、ご安心を。まだ説明の途中ですし、みなさんには必ずご理解いただけますから」

「せめて消費税は据え置きにできないかね？」

「そうだ。消費税ぐらいは……なあ？」

ほら、これが本音だ。消費が鈍れば商売にも障るが、年金や生活保護をカットしてもこいつらは痛くない。結局、自分の都合でしか物を考えられないのだ。

その時、財界人の一人が立ち上がり、力強くこう言い切った。

「弱者は切り捨てればいいんです」

帝愛グループの代表として出席している黒崎《くろさき》だった。

「今、我が国に価値のない人間を救う余裕などない。そうですよね？　高倉さん」

高倉は微笑《ほほえ》んで肯く。

黒崎は財界側からの出席者だが高倉と深く通じている人間、いわばこの会議におけるサクラだ。

「しかし高倉さん、はたして社会保障費の減額だけで日本を立て直すことなどできるのですか?」

黒崎のこの質問も打ち合わせ通りだ。

黒崎が財界人たちの疑問や不満を先回りする形でまとめ、財界側の代表として振舞う。そしてそれを高倉が綺麗《きれい》に受け止める……。

「黒崎さんの疑問はもっともです。無論、それだけで日本が再生出来るなどとは考えておりません。大局的に言えば、これですら焼け石に水でしょう」

答えながら思わず笑ってしまいそうになる。

そもそもこれらの政策は弱者の切り捨てそのものが目的なのだから。

社会保障費を無駄に食い潰すだけの存在はいっそのこといなくなってもらった方が国のためには好都合だ。

これはいわば日本国民の圧縮。

だが、高倉は決して財政再建を諦めたわけではなかった。

「さて……みなさんは国民全体の現預金と証券・保険の総額がいくらかご存じですか？」

返事はない。まあ、そうだろう。自分たちの金にしか興味のない連中だ。答えられる者などここにはいない。

「……国と地方が抱える負債の額と同じ、千八百兆円です。もし仮に国民が持つ資産を利用することができるなら……」

高倉が全てを言い終える前に黒崎が口を開く。

「おお！　これは不思議だ！　国の負債が綺麗になくなる！」

黒崎の大袈裟《おおげさ》な相づちに高倉は肯いてやる。

「我が日本が生き残る道、それはつまり……相殺です」

預金封鎖による債務帳消し、それが高倉の計画の根幹だった。

「近日中に預金封鎖を行い、新紙幣、つまり帝円を発行します」

「そんな……我々の資産はどうなるんだ」

「そうだ！　こんな真似《まね》をされたらやってられん」

「急いで海外移転を検討しなければ」

なんとまあ、自分のことしか考えない連中だ……。

ざわめく財界人たちに高倉は柔らかく語りかける。

「ご安心を。今回ご出席のみなさんには優遇措置を用意しております。現在の資産をほぼ持ち越せるとお思い下さい。みなさんはいわば上級国民……決して十把一絡げには致しません」

高倉の言葉に財界人たちは露骨に安堵《あんど》した表情を見せる。消極的賛成でも賛成は賛成、これで彼らが大臣たちに切り崩し工作を行ってくる可能性はないと見ていいだろう。

日本という国を一度リセットし、債務リスクのない唯一の国として諸外国の投資や優良な移民を呼び込み、新たな国として再生させる……その過程で沢山の死者が出るだろう。それでも日本が甦《よみがえ》るなら必要な犠牲だ。

誰であろうが邪魔はさせない。

今日の現場はキツかったな……。

カイジはクタクタになった身体《からだ》を引き摺《ず》るようにしてロッカー室を後にする。朝から晩まで現場労働は流石《さすが》に身体に応えた。

警備の仕事を辞めたカイジが次に飛び込んだのは派遣会社『よしよし興業』だった。少しでも多く日銭を稼ぎたくて工事現場のバイトを選んだのだが、その肉体労働の過酷さで否応《いやおう》なく自分の年齢を思い知らされた。

それでも今日の仕事はどうにか終わり、あとはもう給料を受け取るだけだ。今日はキツかった分それなりに貰えるだろうし、明日はもうちょっと楽な仕事にしよう。

カイジがよしよし興業のビルを出ると、手渡しされる給料を待っている労働者たちがたむろしていた。一刻も早く給料を受け取りたいのだろう。

「はい、みなさん。給料の時間です」

ちょうどそこに高瀬《たかせ》という社員の男が給料袋を持って現れた。高瀬は袋に書かれている名前を読み上げ、給料を渡していく。そして運のいいことにカイジの番はすぐに回ってきた。

「はい、伊藤開司くん」

高瀬はこちらを「くん」付けで呼んでいるが、おそらくカイジよりも歳下だろう。

「伊藤くん、お疲れ様」

薄っぺらい笑顔を貼り付けて応対しているが、こちらのことを底辺労働者と見下しているであろうことは明らかだ。

まあいい。多少厭な思いをさせられても給料さえ貰えれば……。

「ありがとうございます」

カイジは高瀬から給料袋を受け取るなり、すぐに袋をひっくり返す。だがカイジの掌に落ちてきたのは千円札が三枚……たったの三千円だった。

これだけか？

自分の目が信じられなくて封筒の中を覗《のぞ》いたが、中に貼り付いていたのは明細表が一枚っきり。給料計算の間違いだと思いながら明細表を見ると、額面一万円からいろんな名目でちょっとずつ引かれていた。今までもピンハネのキツい日雇いバイトは経験しているが、ここまでひどいのは初めてだ。

まるで帝愛の地下労働場じゃねえか……。

あの場所を思い出した途端、カイジの中に強い怒りが湧いた。

「おい、何で七割も取られなきゃなんねえんだよ!! 働いてるのはオレらだろ!!」

カイジの怒りに呼応するように周囲の労働者も口々に声を上げ始めた。

「そうだ！ 取りすぎだ！」

「ぼったくり会社め！ 金を返せ！」

高瀬が薄っぺらい笑顔を捨てて、必死の形相で叫ぶ。

「うるさい！ 黙れ!! 天引きはどれも妥当な名目だ。最初に確認しなかったおまえらが悪い」

「なんだと！」

カイジがそう叫んだ途端、カイジの隣にいた中年女性が咳《せ》き込んで倒れた。高瀬への抗議を一旦中断して、彼女を助け起こす。

「おい、大丈夫か？」

よく見れば昼の現場でも一緒だった杉山《すぎやま》という女性だ。昼休みに雑談で聞いたところによると、元々は腕のいい時計職人だったらしいが、店は不景気で閉店、夫にも先立たれ、以来このよしよし興業が派遣する現場で働き続けているとのことだ。

この咳《せき》の原因が、どう考えても力仕事に向いているように見えない杉山が過酷な仕事を続けたことにあるのは誰の目にも明らかだった。

「もう慣れました。一ヵ月以上、ずっとこうですから」

そう答えて杉山は咳き込み続ける。その様子を見て、カイジはたまらない気持ちに襲われた。

オレみたいなのがこうやって食い詰めて買い叩かれてるのは自業自得、ある意味では仕方がねえ。だけどこんな真面目で善良そうな人まで搾取されるなんて……。

「……杉山さんさ、しばらく休めよ」

だが杉山は咳をしながら小さく首を横に振る。

「子供がまだ小さいんです。親の介護もありますし。亭主に先立たれた今、ここで私が倒れるわけには……」

杉山の心中は痛いほどわかる。そして自分が杉山に何もしてやれないことも。

借金は返せなければ利子が膨らむだけだが、小さい子供や老いた親は放置すれば死ぬ。杉山は立ち止まれない状況で必死に働かなければいけないのだ。

改めてよしよし興業への怒りが再燃したカイジは高瀬に詰め寄る。

「わかってるのか、おまえ。杉山さんはここの労働で咳が悪化したんだ。その責任ぐらいはちゃんと取れよ」

「そうだそうだ！」

そんなカイジの気持ちが伝播《でんぱ》したかのように、現場の仲間たちは再度騒ぎ始めた。

その様子を見て、気圧《けお》された高瀬は逃げようとする。

「待てよ！　見殺しにする気かよ!?　ここの従業員だろ！」

逃がすかよ！

カイジが高瀬をとっ捕まえようとしたその時、男の怒鳴り声がした。

「人の会社の前で騒ぐな。見苦しい！」

声の主を見れば、粋なダークスーツに身を包んだ富士額《ふじびたい》の中年男性だ。そいつが部下らしき黒服たちを引き連れて大股にこちらにやってきた。

むせかえるような勝ち組の匂い……カイジはなんとなく帝愛の幹部だった利根川幸《ゆき》夫《お》を思い出した。

いや、あいつはもうちょっと品があったか。

高瀬は男にすがりついて、必死に訴える。

「黒崎社長、こいつらが病気の派遣の面倒を見ろと……」

黒崎と呼ばれた男はうずくまっている杉山を見て、アスファルトに唾を吐いた。

「こいつは単なる派遣だ、ウチの従業員じゃない」

カイジはその言い草に猛烈に腹が立った。

「ふざけんな！　散々オレらから搾取してんだろ！　弱った時ぐらい少しは面倒見てやれよ！」

だがカイジの訴えを黒崎は鼻で笑った。

「面倒を見ろ？　おまえら能無しに働き口を紹介してやってるのに、まだ面倒を見ろっていうのか？」

「オレらがいなきゃおまえらの仕事なんか成り立ってねえじゃねえか！」

「じゃあ辞めるか？　今すぐ全員辞めたきゃ辞めろ！」

黒崎がそう叫ぶと、労働者たちは静まり始めた。

「どうした？　辞めたい奴《やつ》は名乗り出ろよ？」

やがて労働者たちが完全に沈黙したのを見て、黒崎は笑い出した。

「そうだよなぁ。特出した技はない。学もない。そんなおまえらが他に働ける場所なんてあるわけないよな。オレは感謝こそされど、文句を言われる筋合いなど何一つない。おまえらクズは黙ってオレに従っていればいいんだ！」

「なんだと、この……」

「無駄だよ……社長の言う通りだ……」

杉山の諦念めいたつぶやきが耳朶《じだ》を打ち、カイジの口は止まった。これ以上、黒崎に刃向かって杉山にまで迷惑をかけるわけにはいかない。

そんなカイジを見て、黒崎はせせら笑う。

「ふん、さっきまでの威勢の良さはどうした？　まあいい。自分の立場がわかったら明日もオレのために働け、この奴隷ども！」

だが黒崎は知らない。奴隷は何度でも刺すのだ……。

「そもそも高瀬、おまえがしっかりこいつらを支配していないのがいけないんだ。子会社ではあっても、おまえは帝愛グループの一員なんだからな」

「はい。申し訳ありません」

高瀬は神妙な顔をして黒崎の説教に肯いていた。

「何、オレを見習っていればすぐに偉くなれるさ。さ、行くぞ」

そう言いながら黒崎は高瀬とともにビルの中に入ろうとする。

なんだ、そういうことか……それなら腑《ふ》に落ちた。

カイジは大きく息を吸い込み、黒崎の背中にこんな言葉を投げつけた。

「なあ、兵藤《ひょうどう》のクソジジイは元気か!?」

黒崎の足が地面に縫い付けられたかのように止まる。

「何？」

「黙って聞いてりゃ偉そうに。どうせおまえも人の目がなけりゃジジイの足でも何でも舐《な》めてるんだろ？」

黒崎の顔がみるみる紅潮する。図星だったのかもしれない。

「てめえ、どこの誰だ？」

「名前は伊藤開司、ただの根無し草だ！」

黒崎は額に血管を浮き立たせ、紳士とは思えない形相でカイジに向かって叫んだ。

「てめえは今日限り出禁だ。二度とそのしょぼくれた顔見せるんじゃねえぞ」

クソッ、しばらくあそこで金を稼ぐつもりだったんだがな……。

その日の夜、よしよし興業を離れたカイジは路上の一角で缶ビールを開けていた。

「うめぇ……キンキンに冷えてやがる」

経済的な理由もあってしばらく酒を断っていたが、やはり肉体労働の後のビールの美味さは格別だ。

問題はこのビールが千円もしたことだ。インフレでいつの間にかここまで値上がりしているとは……まるで日本中が帝愛の地下労働場になったみたいだ。

ただ一番どうしようもないのは、日給の三分の一を缶ビール一本に使ってしまったカイジである。

「……ここにホカホカの焼き鳥とかあったら最高なんだけどなあ」

カイジは今、この二千円を使ってはいけない理由を必死に考えていた。そうでもしないと追加のビールとつまみを買いかねない。手持ちはまだもう少しあるが、こんなところで減らしたらいよいよ這《は》い上がれなくなる。

カイジが悩んでいると、サングラスをかけた一人の男が声をかけてきた。

「カイジくん、相変わらず欲望の解放が下手っぴだね。素ビールなんて味気ないじゃないか」

そう言うと派手なスーツに身を包んでいる男はゆっくりとサングラスを外し、こちらに笑いかけてくる。

こいつ、オレのことを知ってるようだが……誰だ？

カイジはしばらく悩んだが、やがて答えに到達する。

「ハンチョウ!?」

身なりが綺麗過ぎてすぐにはわからなかったが、帝愛の地下労働場で一緒だった大《おお》槻太郎《つきたろう》だ。

「やだな、僕はもうハンチョウじゃないよ」

大槻がポケットから取り出した名刺には社長という肩書きがデカデカと印刷されていた。

「はあ？　あんたが社長!?」

「そう。帝愛グループの企業の一つを任されてね」

「いつの間にそんな出世したんだよ……」

元々、大槻は帝愛の地下労働場で、奴隷同然の労働者たちを取りまとめる班長だった。たまにインチキなチンチロの賭場を仕切っては、労働者たちから雀《すずめ》の涙ほどの給料を根こそぎ奪っていった小悪党だ。ただカイジは大槻のインチキの裏を取り、貯め込んでいた金を全て巻き上げてやったのだが……。

「フフフ、接待だよ接待。黒崎様に気に入られたんだよ」

「接待って……あんた、そんなに接待上手だったのか？」

「君は知らないだろうがワシは外出の達人でな。君に大敗を喫するまでは一日外出券を使い、地下労働場を出てあちこちで楽しんでいたのよ。そして運のいいことに、独身貴族の黒崎様は案外庶民派でな。ワシのセンスがドンピシャ……お陰で地下労働場から引っ張り上げていただいた。まあ人間、どん底に落ちても才能さえあればまた這い上がることができるということさ」

「あんたみたいな小悪党にそんなこと言われても釈然としねえな」

カイジはぬるくなり始めたビールの残りを一気に飲み干す。

「カイジくん。君もこんなところでくすぶっているタマじゃないだろ」

「あ？」

「ワシはよく覚えてる。君が打ったチンチロのあの一手。実に見事だった。君には天性のギャンブル運がある！」

「何が言いたいんだ？」

「ここじゃあれだから……ご馳走《ちそう》するよ」

そう言って大槻の指した先には屋台があった。だが今や屋台の食事だってカイジには高級な外食だ。

このご時世、タダ飯を奢《おご》ろうなんて奴がロクなことを考えているわけがない。さっさと振り切って帰っちまおう。

だが屋台から漂う良《い》い匂いがカイジの足首を摑《つか》んで放さなかった。

まあ、話を聞くぐらいなら問題ないか……。

「コンビーフ定食、お待ち」

カイジは割り箸を割る手ももどかしく、皿の上のコンビーフを少しだけほぐす。

「ははは、慌てん坊だなカイジくんは。コンビーフは逃げないよ」

ビールジョッキを持っている大槻の言葉には耳を貸さず、カイジはコンビーフを口に運んだ。そしてゆっくりと咀嚼《そしゃく》する。

ほどける肉の線維、とろける脂……もっと味わうつもりだったのに、身体が勝手に嚥下《えんか》してしまった。だが口内に余韻は残っている。久しく口にしていなかった牛肉の旨味《うまみ》にカイジの頬は緩みっぱなしだった。

「うめえ……」

こいつがありゃご飯何杯だっていける。

カイジはコンビーフをほぐしながら迷う。チビチビ食べてご飯を何杯もおかわりするか……いや、どうせ奢りだし豪快にコンビーフを頬張るか？

「喜んで貰えたようで良かったよ」

大槻はそう言ってジョッキを傾ける。まるでカイジの様子を肴《さかな》にビールを飲んでいるようだった。

「でも金さえあれば焼肉定食だって口にすることが出来るよ」

思わず箸が止まる。コンビーフでこれだけ美味いんだから、焼肉なんて食べたらどうなってしまうだろう。

「いや、このご時世、そう簡単に金なんて稼げねえだろ」

「そんなことないよ。カイジくんなら出来るさ」

貧乏を拗《こじ》らせていると、つい思考がみみっちくなる。たかだか焼肉定食を食べることさえ夢のまた夢のように思えてしまう。

……だが大槻のこの話の運び方、どうやらオレが睨《にら》んでた通りのようだ。

「……もったいつけてないで、早いとこ言ったらどうだ」

「何のことだい？」

「わざわざオレに会いに来て、メシまで奢って何の魂胆もないわけないだろ」

核心を突かれて大槻はニッと笑う。元々人の良さそうな顔をしているが、笑顔の大槻が一番信用できないことをカイジはよく知っている。これは何か企《たくら》んでいる時の表情だ。

「実はワシと組まないかと思ってね」

大槻は一枚のチラシを取り出してカイジに渡す。そこにはこう書かれてあった。

第五回　若者救済イベント開催！　バベルの塔　主催〝日本を救う会〟

「『バベルの塔』……またおまえらのギャンブルか？」

こういう大仰なギャンブルは帝愛の十八番《おはこ》だ。

「いや、帝愛の紐《ひも》はついていないよ。金を持て余した大金持ちの老人が主催しているって話だ。どんなギャンブルか知りたいかい？」

カイジはコンビーフと白米を口に運ぶと、ゆっくりと首を振る。そしてたっぷりと味わってからようやく口を開いた。

「……いや、ゲーム自体は知ってるよ。テレビ中継されたからな」

『バベルの塔』はカイジもたまたま中継で観《み》たことがある。

街中のビルの屋上に立てられたでかい棒のてっぺんに貼り付けられたカードを奪い合う……それだけのギャンブルだ。勝てば約十億の現金を持ち帰ることが可能とはいえ、駆け引きの要素は薄く、足の速さや力の強さなんかが物を言う。当然、ゲームの模様はこの間の暴動もかくやという惨状になる。死者こそ出ないが、重軽傷者も結構出ていたはずだ。

「ほぉ……詳しいね。これ以外にも、各地でいろいろな救済イベントを開いている。先行きが見えず鬱屈した若者たちの暴動を沈静化するために一役買っているそうだ」

沈静化ね。消耗させているの間違いだろう。

「こんなゲーム、競争率が高すぎて無理だ。そもそもどのビルの屋上に棒が立てられるのかさえわからないゲームじゃ作戦の立てようもない」

カイジはそう言ってチラシを突き返す。だが大槻に落胆の色はない。

「その通りだよ。だが裏を返せば、どこでやるかわかっていれば勝てる可能性はあるってわけだ」

「まるで知ってるかのような口ぶりだな」

大槻はニンマリと笑った。

「実は今回の会場となるビルの場所の情報を手に入れた」

「……詳しく話せ」

「ウチの会社に八メートルの棒の発注が来た。硬く、曲がらず、大の大人が何人しがみついても倒れないもの、という注文だ。それでピンと来たんだよ。そんなものを使うのは『バベルの塔』以外にあり得ないとね。おまけに第一回の中継で棒は破損して、以来第四回まで『バベルの塔』は行われていない……どうだい？」

「断定するには根拠が薄いな」

「そうでもないよ。納品した後、ウチの若いのにそれとなく張らせていたら、連中はその棒をあるビルの屋上に運び込み、『バベルの塔』のテストのような真似をしていたんだ」

「そこまで材料が揃《そろ》っていると、少しは信じられるか……」

「なあ、億万長者になるチャンスだと思わないかい？」

これでようやく大槻の腹がわかった。

「誰でもいいわけじゃない。この情報だけあっても勝てるとは限らないんだからね。だからこそ、カイジくんにＢＥＴしたいんだよ」

サルもおだてりゃ木に登るとはよく言うが、美味《おい》しい情報をチラつかせヨイショすれば塔でも何でも登ると思っていやがる。

「このオレにあんな馬鹿げた押し合いへし合いをやれってか？」

「そうさ。カイジくんなら簡単だよ」

「オレも地下で働いてた頃みたいに若くない。身体を張るにしたって昔のようにはいかねえさ。それよりももっと確実に儲かる方法があるだろう」

「へえ、なんだい？」

大槻は大袈裟に肩をすくめてみせる。

すっとぼけやがって……。

「帝愛のギャンブルさ。まがりなりにもアンタは社長なんだから、あいつらがやってるギャンブルの裏も知っているはずだろ？　アンタがケチらずに教えてくれたら楽勝で億万長者だぜ」

大槻はオーバーに首を横に振る。

「駄目だね。それは帝愛への背信行為だよ……今の地位はワシにとって生命線だ。万が一にも失うわけにはいかん」

そう弁明する大槻を見て、カイジは安堵した。

こいつの収入はおそらく月に数十万円……多くても百万円ぐらいか。今の地位を捨てても数億円入るなら御の字だろうに。しばらく会ってなかったがやはり人はそう簡単に変わらねえ。大槻はどうしようもない小物のまま……つまりこんな奴はいくらでも出し抜けるってことだ。

「それにほら、今回はどこかの金持ちが億の金をポンと出してくれるんだからさ。それを拾う方がずっといいじゃないか」

「まあ、塔が立てられるビルが予《あらかじ》めわかっているなら、細工はできると思う。少々金がかかると思うがな……」

具体的にどんな方法でライバルたちを出し抜くかは現場を見ないとどうにも判断できない。

「ただし成功した時のワシの取り分は五割だ！」

「五割って……半分も取るのかよ!?」

案の定ふっかけてくるとは思ったが、五割は暴利だ。情報代と経費込みで、せいぜい三割がいいところだろう。

「ふざけんなよ。いいか、二割だ。良くて二・五割！」

「カイジ……おまえを雇っていたよしよし興業は七割ピンハネだろ。それに比べれば五割は良心的。それにおまえはほぼ一文無し、この情報だけあっても何もできやしない……それぐらいならワシと十億を山分けした方が賢いだろう？」

どうやらやるしかなさそうだ。

「わかった。だが今のオレには金がない。仕込みに必要な金はアンタが出してくれ」

「勿論《もちろん》、必要経費はワシが出すよ」

「あとで法外な利子をつけた上で返せなんて言うんじゃないだろうな？」

カイジの胸に苦い記憶が甦る。カイジの人生を変え、そしてカイジの金を持ち逃げした女……遠藤凛子《えんどうりんこ》。

……あの時、遠藤に持ち逃げされていなければオレは今頃、こんな暮らしを送ってなかったはずだ。

大槻はやれやれと言いたげにため息を吐いて、こう提案する。

「そんなケチ臭いこと言わないよ。カイジくんがゲームに勝ったらその場で配分、それでお互いにさよなら……どうだろう？」

カイジはつい笑いそうになった。大槻からその言質《げんち》を引き出したかったからだ。

こいつは小物だが、小物だからこそ決めの甘いところがあればゴネようとしてくるはずだ。それに勝負に勝っても配分で揉《も》めれば、背景のないカイジには不利になる。だからこそ、この一言があとで効いてくる。

「あとで念書だけでも交わしておこうか。いざという時に取り立ての根拠になる」

抜け目のない奴だ。

ふとカイジの頭にある疑問が去来する。

「なあ、大槻さん。気楽に十億十億って言うけどな、本当に丸々十億貰えると思ってるのか?」

「どういうことだい?」

「むこうから理由をつけて引かれて、割り切れない数字になったらどうするんだ?」

「割り切れないって……仮にそうなったとしてもせいぜい一円単位の話じゃないか。ケチ臭いな……」

「極論、一円だったらどうする? 一円玉を半分こするかい?」

「馬鹿馬鹿しい。一円玉を半分に割っても〇・五円にはならない。壊れた時点で損なわれるからね……」

「だったら報酬を分けられなかったら、オレが貰うってことでいいな? 身体を張るんだから当然だ!」

「わかった。わかったよ、カイジくん。もしそうなったら君が持って行っていいからさ」

「じゃあ、そこも念書に書き加えておいてくれよ」

さて、これで保険は打った。あとは肝心のゲームだが……。

大槻との邂逅《かいこう》から五日後の夜、カイジは第五回若者救済イベントに参加するべく横浜第四埠頭《ふとう》にいた。夜にもかかわらず一帯には百名以上の若者がおり、みな一様に殺気立っている。

……思ってたよりも参加者が多いな。これじゃマラソン大会だ。

午後八時前になるとピストルを持ったスタッフたちが会場のあちこちでスタンバイを始める。いよいよ『バベルの塔』が始まるのだ。

ここで負けたらまた派遣生活に逆戻り……なんとしても勝つ！

突然、会場にやかましい声が流れ出す。

『さて、第五回、若者救済イベント！　今回は第一回以来となる『バベルの塔』。設置された棒の場所は、かつては若者のデートスポットとして人気を博していたここ横浜です！』

アナウンサーの実況だ。『バベルの塔』開始前に、視聴者へ向けてわざわざ説明してくれているのだろう。

『表は魔法の逆転カード。打ちこんだだけお金が得られる電卓となっています！　その上限はなんと九億九九九九万円‼　一方、裏面は人生を変える極秘情報が得られる魔法のキー！　その詳細はいまだに誰も知りません！　勝者はそのどちらかを選ぶことができます！』

……どちらを選ぶかなんて、とうに決めている。

そして八時ジャスト、スタッフたちがピストルを天に向けスタートの合図を鳴らした。するとスタート地点から少し離れたビルの壁に大きな垂れ幕がスルスルと降りる。

垂れ幕にはこう書かれていた。

横浜第四埠頭第13倉庫屋上

「13倉庫だ！」

「屋上を目指せ！」

ゴール地点が明かされた途端、あちこちで怒号が飛び交い始めた。

「どけっ！」

「邪魔だ！」

先頭集団は既に第13倉庫目指して走り出していたが、後方の人口密度が高い場所にいた連中は身動きが取れず、かわりに周囲にいる他の参加者を排除しようと小競り合いを始めた。

その波は当然、カイジの方まで伝わってくる。近くの若者に胸ぐらを掴まれるが、負けじとカイジも摑み返す。そしてそのままもみ合いとなった。

「おい、放せよ！」

若者はカイジを強く突き飛ばす。カイジは派手に転倒し、身悶《みもだ》える。

「イッテぇ！　おい！　待てよ！　誰か足引っ掛けたって！　反則だろ！　イッテぇなクソ……！　絶対《ぜって》ぇ足折れたってこれ!!」

「おまえが悪いんだろ！」

若者は捨て台詞《ぜりふ》を残してその場を離れた。他の参加者たちも悶絶しているカイジを追い越して行く。傍目《はため》には哀れな脱落者にしか見えない。

……これでオレをマークしている参加者はいなくなったはずだ。

参加者たちが遥か遠くに行ったことを確かめて、カイジはゆっくり立ち上がる。そしてビルの陰に隠れながら第13倉庫のすぐ隣の第12倉庫へと向かう。

第13倉庫の屋上に棒が立つのは大槻の情報でわかっていた。第13倉庫で入り口から屋上まで行くにはエレベーターか階段だ。だがエレベーターは、階段より早いと考えた人間が定員以上に押しかけて機能しなくなるだろうし、階段は駆け上がるだけで体力を消耗する上、参加者同士で文字通りの足の引っ張り合いが起こる……つまり第13倉庫の屋上までまっとうな手段で上がろうとするのはナンセンスということだ。

案の定、第12倉庫には人の気配がなかった。カイジはエレベーターを呼び出し、悠々と乗り込む。第13倉庫で今起きているであろう惨状を思うと天国だ。

カイジは最上階に到達し、そのまま屋上のドアを開ける。

さて、ここまでは順調だが……。

第12倉庫は第13倉庫よりも八メートルほど高い。カイジが第12倉庫の端に立つと、第13倉庫の屋上が綺麗に見渡せた。

さて、向こうもそろそろだろうな。

カイジの読み通り、ほどなく第13倉庫の屋上のドアが開き、若者たちがトコロテンのように押し出されてきた。途中でかなり脱落しただろうに、誰も彼もまだまだ元気そうだ。

あの中に混ざってたら、とっくにリタイアだったな。

参加者の若者たちが我先にと棒にしがみつき、てっぺんのカードを目指して登ろうとする。だがすぐにライバルたちに引きずり降ろされ、降ろされた者はまた別の者を引きずり降ろす……その繰り返しだ。

思った通りだ。八メートルも登らなければならないとなると即決着ということはない。あの場の参加者たちの体力が多少なりとも残っている内は延々と潰し合い、足の引っ張り合いになるだろう。

馬鹿め。勝利のルートはそっちじゃない。正攻法で行ったところで潰しあって終わりだ。だからオレはこうする……。

カイジは陰で待機している大槻に手で合図を送る。すると第12倉庫の屋上のフチから第13倉庫の屋上の棒に向かって、鉄骨の橋が渡される。

「おい、なんだよあれ！」

突如現れた鉄骨に棒の下の若者たちは混乱状態だ。

なんて悪趣味なもの用意しやがる……。

実は当初、カイジは別のものを提案したが、大槻がそれを却下したのだ。

「なあ、鉄の板とかもうちょっといいもんがあるだろ？」

「駄目駄目。そんな露骨に怪しいものを運び込んで運営の目についたらどうするんだい？　建築資材として偽装できるものがいい。そうなると鉄骨以外は考えられないね」

大槻め、憶《おぼ》えてろよ……。

カイジは観念して鉄骨の上に乗り、バランスを取りながらゆっくりと歩き始める。

下を見るな。下を見るな。下を見るな……。

強めにそう言い聞かせているのに、何かの拍子で下を見てしまい、その高さに思わずバランスを崩しそうになる。

「クッソ。これじゃブレイブメンロードじゃねえか。何でまたこんなことしてんだオレ……」

別にカイジとて鉄骨を渡るのが格段に上手《うま》いわけじゃない。それでも転落のプレッシャーに耐えて少しずつ進むのは慣れている。

そんなカイジの姿をカメラが捉えた。

「なんと！　今度は隣のビルから新たな青年の登場だ！　命綱なしで棒へと近づいているぞ！」

……うるさいな。気が散るから黙っててくれ。

カイジは実況の声を極力無視して、鉄骨の上を進んでいく。

最初にビルとビルの間さえ抜ければ、あとはもう第13倉庫の上……踏み外してもちょっと痛いだけだ。だったら平均台を渡るのとそう変わりやしない……。

カイジはそんな風に自分を誤魔化しながら進んで行った。そして第13倉庫に差し掛かった時、ようやく心に余裕が生まれ、下界の様子を観察できるようになった。

それとなく見ていると、下の若者たちの反応は様々だった。鉄骨の上のカイジを口を極めて罵るやつ、それでも棒を登ろうとするやつ、そいつらを引きずりおろすやつ

……だが、その多くはカイジの出現に戸惑っているように見えた。

そうだ。そのまま迷え。おまえたちが迷っている間にオレはカードを……明日を摑む。

「おい、別働隊。第12倉庫だ。急げ！」

ふとカイジは下で一人の若者が大声で誰かに指示を出していることに気がついた。

おそらく徒党を組んで参加していて、誰かが十億を手に入れたら頭割りするという協定を結んでいるのだろう。カイジだって信頼できる仲間が何人もいたらそういう作戦を取ったかもしれない。

まずい。まだ安全圏じゃないぞ……。

この鉄骨作戦の最大のリスクは背後を取られることだ。後ろからやってきた何者かに追いつかれ、突き飛ばされる……それだけは避けなければいけない。

それでもカイジの計算では鉄骨のお披露目からゴールへの到達まで、充分なマージンがあるはずだった。むしろ焦って鉄骨から転落したら元も子もない。だから落ち着いて進め……。

そう自分に言い聞かせながらカイジがゆっくりと歩みを進めていると、一瞬ブゥーンという音がカイジの耳をかすめていった。

蚊……じゃねえよな？

「あれは何だ!?」

下の若者の一人が棒の上の方を指差す。カイジもつられて見ると、棒のてっぺんの近くに、何かが浮いていることに気がついた。

あれは……ドローンか？

一瞬、中継用のドローンだと納得しかけたが、それが引っ込んだのはドローンの先端からマジックハンドのようなものが伸び始めていたからだ。

あのドローンは明らかにカードを回収しようとしている。そして主催者がそんなことをするはずがない。とすれば当然、参加者の誰かの作戦だ。

ちょっとマズいな……。

ドローンがカードを回収したから即ゲーム終了……となるわけではない。あのカードには指紋認証システムがついていて、いずれかの参加者の指が触れた段階でようやく終了という説明は事前に聞かされていた。

とはいえ、ボヤボヤしてドローンにカードをかっさらわれたら取り戻せねえ。急がねえと……。

カイジが焦燥と共に新たな一歩を踏み出すと、下で誰かが叫んだ。

「誰か！　あれを撃ち落とせ!!」

そのかけ声で、他の参加者たちは火が点《つ》いたようにドローンに向かって投石を始めた。中には自分の靴を投げつける者までいた。

まるで運動会の玉入れだな……でも今は命中することを祈るしかない。

そんなカイジの祈りが通じたのか、やがてドローンはあえなく撃墜された。

「よし……いいぞ」

みながドローンに気を取られている隙に、カイジは棒まで残り三メートルのところまで来ていた。ドローンがいい具合にデコイになってくれた。

「おい、あいつもだ！　落とせ！」

下で若者が焦った声を上げる。だがカイジはもう勝ちを確信していた。ここまで来たら後は鉄骨にしがみつきながら這えば、下から何をぶつけられようが転落はないし、鉄骨の端まで到達すれば確実にカードを回収できる。

しかし、そんなカイジの緩みを見透かしたようなタイミングで突然足元が揺れた。

しゃがんで鉄骨にしがみつこうにも、カイジはバランスを取るので精一杯だ。

強風？　いや、そんな気配はどこにも……。

思わず振り返ると、第12倉庫の屋上に若者たちが結集しているのが見えた。彼らが鉄骨を揺らしているのだ。

「やめろ！　おい！　危ねえだろ！」

カイジは必死にバランスを取る。てっきり鉄骨の上を歩いてくると思ったが、カイジの排除だけ考えればこれが正解だ。

「やめろって！　おい！　落ちたら死ぬだろ！」

「落とせ！」

「落とせ！」

「そら、落とせ！」

だが下では「落とせ」コールが始まっていた。彼らはみな敵同士でありながら、クリアに最も近いところにいるカイジの転落を心から願っている。全身に突き刺さるドス黒い悪意に、カイジの身体は上手く動かなくなった。

マズいぞ。ここまで来て、失敗するわけには……。

カイジがふと視線を落とすと、一人の若者が驚くべき速さで棒をスルスルと登り始めたことに気がついた。みなが「落とせ」コールに気を取られている一瞬の隙を突いたためか、彼の挙動に気を留《と》める者は誰もいない。

「おいっ、あいつを止めろ！」

カイジは思わず叫ぶ。だが熱狂のためか、カイジの声に耳を貸す者は一人もいない。その間にも若者はどんどん棒を登っていく……このままでは十秒以内には決着がついてしまいそうだった。

まったく、どうしていつもこうなんだろうな。

この時点でカイジは転落する覚悟を決めた。八メートルの高さから落ちればただでは済まない。それどころか打ちどころが悪ければ死だってありうる。

いや、下にはタフな若者がわんさかいる。あいつらをクッション代わりにすれば即死はない。またあいつらも複数人でオレの身体を受け止めれば重傷を負うほどの衝撃にはならないだろう。だから恐怖を捨てろ……。

カイジは息を止める。そして鉄骨を強く蹴ると、棒の先端に向かってダイブした。

最早摑める確証なんてない。それでも……。

未来はオレの手の中だ！

気がつけばうつ伏せで倒れていた。近くでは若者たちのうめき声がしている。どうやら彼らの上に落ちたようで、体中が甘い痺《しび》れに包まれている。

このまま寝ていたいところだが……いや、カードか。

カイジは身体を起こして、霞《かす》む目で棒のてっぺんに視線を向ける。だがカードは影も形もない。

どこだ。確かにカードを掴んだはず……。

「見たか！　取ったぞ！」

突如、狂喜の声が耳に入る。慌てて声のする方を向くと、一人の若者がカードを持ったまま飛び跳ねていた。

そんな若者に実況のアナウンサーが訊《たず》ねる。

「お名前は？」

「菅原《すがわら》、菅原太一《たいち》だ！」

菅原は興奮が収まらない様子だ。

「九億九九九九万円取ったど!!　やったな今野《こんの》！」

「やりましたね菅原さん。これでついに……」

今野と呼ばれた若者は菅原に抱きつく。おそらくは一時の連帯でなく、ずっと二人で協力してここまで来たのだろう。

カイジはどうにかあぐらをかき、菅原の様子を眺めることにした。

菅原は震える手で電卓に数字を打ち込もうとする。だが、しきりに首を捻ってい
た。

「あれ？　おい！　運営!!　これ故障してるぞ！」

アナウンサーは少し意地の悪い表情を浮かべて、菅原にささやく。

「故障ではありません。このカードは指紋認証です。カードに先に手が触れたもの以
外は反応しません」

「先に手が触れたものって……まさかあいつが……？」

動揺した菅原がカイジの方を指差す。

そうか、はっきりと思い出した……オレは文字通りタッチの差でカードに触れ、そ
のまま八メートルの高さから転落したんだ。

遅れてやってきた勝利の実感がカイジの痺れを取り去った。カイジはゆっくりと立
ち上がると、震えている菅原からカードを奪い取った。

「真の勝者が決まりました!!　勝者は伊藤開司さんです！」

色々あったが、どうにか勝てたぜ……。

「やったねカイジくん。やはり君は持ってるね」

大槻が駆け寄ってきた。どこかで様子を見ていたのだろう。

アナウンサーがカイジにマイクを差し出す。

「さあ、カードの表と裏、どちらを選択しますか？」

「裏だ」

そう、カイジは最初から魔法のキーを選ぶと決めていた。

「なんと、伊藤開司さんが選んだカードは裏！　魔法のキーです！　謎のベールに包まれた極秘情報、魔法のキーを選択しました!!」

アナウンサーがカイジに魔法のキーと折りたたまれたメモを渡す。

「このキーとこのメモの情報は二つ揃ってはじめて意味があるものです。それをお忘れなく！」

一部始終を呆然《ぼうぜん》と眺めていた大槻だが、やがて理解が追いついたのか突如烈火の如《ごと》く怒り始めた。

「ふざけるな！　通るかこんなもん！　おまえはワシと十億を山分けするって約束だったろうが！」

大槻が胸ぐらを摑んでこようとしたので、カイジは慌てて大槻を突き飛ばす。

「大槻、ふざけてんのはおまえの方だろ。テレビ放映されてるんだぞ？　十億なんて大金受け取ってオレが無事に済むわけないだろ」

「ぐっ……」

大槻は言葉に詰まった。やはり最初からカイジにリスクを押しつけるハラだったのだろう。

「だ、だったらあの鉄骨を仕込むのにかかった金を返せ。今すぐ返せ！」

「そんな金あるわけねえだろ。だいたい、必要経費はあんたが出すって言ったんだろうが！」

「それも十億が手に入ってこその話だ！　だったら、その魔法のキーだけでも寄越せ！」

「はーい、そこまで」

ハスキーな女性の声が二人の口喧嘩《くちげんか》に割り込んできた。

その声……忘れようがない。

「遠藤？」

カイジが振り向くと、そこには遠藤凜子が腕組みして立っていた。かっちりとしたスーツに身を包んだ長身の女性。しばらく会っていなかったが老け込むでもなく、颯《さっ》爽《そう》とした雰囲気は最後に別れた時と少しも変わらなかった。

「久しぶりね、カイジ。元気だった？」

一瞬の懐かしさの後、すぐに怒りが湧いてきた。

「帝愛の犬が何の用だよ!?」

「心外ね。帝愛はとうに抜けたわ。今は金融業者、あんたのお陰で独立できたの」

「けっ、どうせ金貸しだろ」

「ところであんたたち、何を揉めてるのよ」

「あんたこそ、なんでこんなところにいるんだよ？」

「債権回収よ」

そう言って遠藤は近くに転がっている若者たちを足蹴にする。

「こいつら、ここで十億稼いで借金を返すって息巻いてたのにこの様よ。ま、でも今回は相手が悪かったわね」

遠藤はカイジに微笑みかける。褒められたのはわかるが、遠藤相手に心理的なガードを解きたくない。この女はカイジの勝ち金を汚い手を使ってまんまと奪っていったのだ。

「遠藤さんとか言ったか……ワシは大槻だ」

「知ってるわよ。帝愛のグループ会社の社長よね」

「おお、こんな美人に知っててもらって光栄だ」

大槻は相好を崩してデレデレしていた。

この女の本性も知らないで……馬鹿め。

「それで大槻さんはどうしてカイジに怒ってるの？」

「聞いてくれ。こいつが十億の約束を反故《ほご》にして、魔法のキーを選んだのがいけないんだ」

そう言うと大槻はカイジに向かって構えを取った。

「せめて魔法のキーかメモだけでも寄越せ。そうでもせんと納得できん」

「大槻、念書は持ってきてるか？」

「当たり前だ！」

大槻が懐から念書を取り出す。この瞬間を待っていた。

「おい、遠藤。その念書を読んでみろよ。そしたらオレの正当性がわかるはずだ」

「そう？　じゃあ、失礼」

「あっ……」

遠藤は大槻の手から念書を奪うと、さっと中身に目を通す。そして苦笑いして大槻に話しかける。

「……これはあなたの負けね、大槻さん」

「何？」

「この念書には分けられないものを得た場合はカイジのものになるって書いてあるじゃない」

「だがカイジが受け取ったのは魔法のキーとメモだ。どっちかだけでもワシには受け取る権利があるだろう？」

遠藤は眉を顰《ひそ》めて、かぶりを振る。

「その魔法のキーはメモにある情報とセットではじめて価値があるもの……片方だけあってもガラクタにすぎないし、譲渡を主催者が認めるとは限らないでしょう？」

「そ、それは……」

「これは二つセットで意味を発揮するもの……分配は不可能ね」

カイジは安堵していた。本来、念書を盾にしてカイジ自身が大槻を説得しなければいけなかったのだが、遠藤が代わりにやってくれて助かった。この状況だと、遠藤が第三者というのもいい。

「……まあ、こんなことであんたを許したわけじゃないけどな。

「現金なら山分けにできたけど、流石に分けられないものはどうしようもないわね」

つまりカイジは、わざと大槻との会話では魔法のキーのことを話題に出さなかったのだ。『バベルの塔』の相談を持ちかけられた瞬間から、こうやって大槻の裏を掻《か》いてやるつもりだったのだ。

まんまと大成功、だな。

「そんな顔するなよ。オレが魔法のキーを選ぶ可能性を考慮しなかったおまえが悪いんだぜ？」

所詮、騙《だま》し騙されだ。大槻は社長として充分に稼いでいるし、これぐらいでは心も痛まない。いい夢を見たと思って諦めてもらおう。

「そんな……せめて鉄骨の設置費ぐらいは……」

「だから金がねえって言ってるだろ？」

大槻は尚《なお》も食い下がる。そんな大槻の肩を遠藤が叩いた。

「ほら、男は諦めが肝心よ」

「うう……」

遠藤に諭されて、大槻はがっくりとうなだれた。

「この人のことなら私に任せて。あんたはその魔法のキーとやらで人生を変えてきなさい」

遠藤はウインクしてみせる。だがカイジはその笑顔に取り込まれるのが怖くて、二人に背中を向けた。

第一一章

最後の審判

『バベルの塔』から二日後、カイジは西東京のとある駅の更に町外れに来ていた。

「……あれだよな？」

カイジが魔法のキーと一緒に渡されたメモに指定されていた住所を頼りに歩き続けていると、少し先にある山際に別荘のようなものがぽつんと建っているのを発見した。周囲に他の建物はないが、あれが目的の場所だろうか。ここまで来るのに結構な時間がかかっているし、これ以上は慣れないハイキングを続けたくないというのがカイジの本音だ。

本当にこんなところに儲け話があるのかよ。無駄足だけは勘弁して欲しいぜ……。

カイジが時計を見ると九時五十分だった。メモで指定された時刻は午前十時だから、どうにか遅刻せずに済んだようだ。

このキーであの別荘の鍵が開くのか？　というか、オレ一人であそこに入ってもいいもんだろうか……。

カイジが三叉路《さんさろ》の真ん中で逡巡《しゅんじゅん》していると突然、背後から肩をつかまれた。

尾行されてたのか!?

「誰だ？」

カイジが慌てて振り向くと、二十歳前後の女がこちらを見つめていた。女は目が合うと、馴《な》れ馴れしくカイジの手を取ってきた。

「やっぱりカイジだあ！　見てたよ、あの中継。あんたもここに呼ばれたんだね」

なんだこの女。オレの敵ってわけじゃなさそう……いや、オレに友好的な女なんているわけないだろ。

そんな悲しい警戒心がカイジをそっけなく振る舞わせた。

「誰だおまえ？　オレを尾行してきたのか？」

「違う違う。ここは丁度道が合流してるところでしょ？　あんたはあっちから、私はこっちから来て、たまたまほぼ同時にあの別荘の前に辿り着いたってわけ」

まあ、背後から人の気配がしなかったのは事実だし、タイミングがほぼ重なったのも先方が午前十時を指定していれば当然か。

「私は桐野加奈子《きりのかなこ》よ……って知らないの？　第二回、大阪開催の救済イベントで見事に勝ったんだけど」

「そんなの見てもないし興味もない。本当にクリアしたのか？」

「疑《うたぐ》り深《ぶか》いんだから……」

そう言って加奈子は魔法のキーをカイジに見せる。どうやら救済イベントをクリアしたというのは事実のようだ。

「カイジは興味があるのはお金だけなの？」

「当然だろ」

そもそもカイジはこれから金を掴もうとする場で馴れ馴れしく話しかけてくる奴を信用しない。まあ、昔の手痛い経験があってこその護身の心得なのだが。

「だったら何で大金よりも極秘情報を選んだのよ」

「第一回のイベントで金を選んだ勝者は葬られたからな」

大槻のいる前では敢《あ》えて口に出さなかったが、カイジは『獲得賞金盗まれ刺殺』という新聞記事を見ていた。

「殺されるリスクを考えたら、大金と同じ価値を持つ魔法のキーを選ぶ方が利口だ」

それにカイジの考えが正しければ、この主催者はそういう人間こそ求めているような気がするのだ。

「情報は金になる。結果大金を手に入れることができる……ってわけよね」

「なんだ。おまえも同じか」

「まあね。案外気が合うかもね私たち」

本当に馴れ馴れしい女だ。

「まあ立ち話も何だし、とりあえず入らない？」

「おまえが話しかけてきたんだろ……」


カイジの差し込んだ鍵は抵抗なく回った。

カイジと加奈子が別荘の中に入り、突き当たりのドアを開けると、車椅子に乗った老人と執事のような身なりの若者が待っていた。

「時間通りだね。待っていたよ」

老人が弱々しい口調でそう言う。そんな老人にカイジは思わず訊ねる。

「あんたか？　あのイベントの主催者は」

老人が肯く。

「……私はずっと探していた。君たちのような運と野心を持った若者を」

こうした胡散臭《うさんくさ》い物言いは帝愛の兵藤会長に似ている気がするが、目の前の老人からはあの兵藤のようなギラギラとした生命力は感じられない。

「そもそもあなたたち、誰なの？」

加奈子の言葉に、老人は横の若者を見る。若者は小さく肯くと、口を開いた。

「この方は東郷滋《とうごうしげる》会長。そして私は秘書の廣瀬湊《ひろせみなと》です。ここからは私が説明を」

「へえ……ただ秘書をやらせておくにはもったいないイケメンじゃん」

廣瀬は笑いもせずに加奈子の顔を見つめる。

「桐野加奈子さん、あなたは第二回のイベントで空から降る何千枚のカードの中から当たりを引き当てました」

「そう、私ってラッキーガールだから。でもあのジョーカーを引けたのは快感だったな」

たった一枚のジョーカーを引き当てたということか。でもそれは単に運が良かっただけで、ギャンブルの実力の方は未知数だ。

「そして伊藤開司さん。あなたは第五回のイベントで高さ八メートルに貼られたカードを見事摑みました。あなたたちは、まさに会長が探し求めていた運と野心を持つ二人なのです」

「それってただ運がいい二人ってだけじゃなくて？」

東郷は首を横に振る。

「愚か者たちは目先の十億を摑み、そして殺された。一方で君たちは十億ごときの報酬では納得しなかった。それが野心だ。私はそのことを買っている」

「能書きはいい。苦労してここまで来たんだ。人生を変える極秘情報とやらを早く聞かせてくれ」

突然、東郷は暗い表情になる。とてもじゃないが、これから儲け話を教えてくれるような雰囲気ではないが……。

「実は水面下で政府が良からぬ動きをしている。どうやら預金封鎖を仕掛けるつもりらしい」

「預金封鎖って何……？」

加奈子があっけらかんとした調子で訊ねる。だが東郷は失望した様子もなく、淡々と説明してくれた。

「政府によって、国民が持つ銀行預金などの金融資産の引き出しが制限されるんだ」

「は？　自分の金なのに引き出せなくなるの!?」

「それだけじゃない。その上政府は、預金封鎖の決行と同時に、新しい通貨、帝円を発行しようとしている」

「そんなもん発行してどうするってんだよ!?」

「国民の総資産は千八百兆円と言われています」

カイジの疑問に廣瀬が答える。

「政府は預金封鎖と新紙幣の帝円の発行を同時にすることで、それら全てを紙くずにしようとしているのです。つまり国民の財産を使って国の借金を〝相殺〟しようとしているわけです」

「ウソでしょ？　手持ちの金や銀行に預けたままの金は？　どうなっちゃうの!?」

「当然、消えてなくなります」

しかし国家レベルの陰謀を聞かされたというのに、カイジは拍子抜けしていた。

「ってもしかしてこれが極秘情報か？　だったらとんだハズレくじだぜ。オレみたいに金欠でピーピーしてる奴がそんな情報を握っても活かしようがないだろ」

「私も貯金なんかないしね……」

そんな二人の反応を見て、東郷は首をゆっくりと横に振る。

「問題は一部のエリート層だけが事前にその情報をつかみ、勝ち逃げしようとしていることだ」

なんだと？

「その者たちは、すでに資産を海外へと移している。さらに、預金封鎖に決定権を持つ政治家や官僚は、一般人が旧円の一部しか帝円への切り替えを許されないにもかかわらず、優先的に全資産を帝円へ切り替えることが許されるそうだ」

「そんなの汚《きたね》えだろ！」

「一九四六年、終戦後日本を襲ったハイパーインフレの際にも、預金封鎖は行われました。歴史は繰り返されます」

廣瀬が冷静に補足するが、カイジが聞きたいのはそんな言葉ではない。

「だからって、誰がそんなふざけたことを！」

「このプロジェクトの中心にいるのは、元経産省官僚で、今は首相主席秘書官をしている高倉という男です」

そう言って廣瀬はタブレットPCを見せる。画面に表示されているのは細いフレームの眼鏡をかけた、いけ好かないインテリ然とした若い男だった。

「このイケメン、知ってる！　陰の総理とか呼ばれてる人でしょ」

加奈子と違って、カイジは高倉のことは知らなかったが、見ていて妙にざわつくものがあった。

同じイケメンでも一条にはまだ苦労した形跡があった。だがこの高倉は……なんというか、一度も辛酸を舐めず、生涯負けてこなかった顔をしている。

そこでようやくカイジは東郷の話におかしな点があることに気がついた。

「けど……その話が本当なら、あんたはなぜ〝勝ち逃げ〟しない？」

「私の余命は残り僅かなのだよ」

「えっ？」

だが東郷の言葉には信憑性《しんぴょう》があった。東郷の振る舞いは余命を燃やして生きる者のそれにしか見えなかったからだ。

「今逃げたところで間も無く死ぬ。そして遺産を託すべき相手もいない……だったら最後ぐらいこの国のために尽《つ》くしたいと考えた」

廣瀬は痛ましい表情でその言葉を聞いていた。

「尽くすったって……どうしようっていうんだ？」

「預金封鎖を止めるのだ。天命の儀までに」

「天命の儀!?」

「タイムリミットは十日後に開かれる預金封鎖を決定する会議まで……それが天命の儀です。その会議で政治家によって正式に決まる予定です」

「どんなに優秀で力のある官僚といえども、国の政策の決定権はないからな。我々はその隙を突く」

「なるほど、つまり政治家連中に賄賂を贈って法案を無効にするってわけか」

汚い手段に抵抗するのがこれまた汚い手段とは……まあ、贅沢《ぜいたく》は言ってられない状況か。

「でもどうやってやるの？」

「今回の預金封鎖のキーとなる人間は限られている。その者たちに金を効果的に配れば止められる。しかし、今私の手元には五百億の資金しかない」

五百億……目が飛び出るような額だ。だが東郷の口ぶりではそれでも全然足りなさそうだ。

「なあ。賄賂には一体いくら必要なんだ？」

「現時点の試算では一千億です」

廣瀬が事も無げに言うが、カイジは開いた口が塞がらなかった。

「一千億⁉　無茶でしょ。あとたった十日で五百億集めるって」

「賄賂に必要な残りの額はあるギャンブルで稼ぎます。運と野心を持つあなたたちには、そのギャンブルに勝つために力を貸してほしいのです」

東郷は廣瀬の言葉に深く肯くと、「どうか日本を救うために」とカイジたちに同意を求めてきた。

「ウソ？　すごくない？　私たち！」

無邪気に喜ぶ加奈子を見てカイジは心底呆《あき》れた。

「バカか。そんなことしてオレらに何のメリットがある⁉」

「無論、ただで協力してほしいなどとは言わない。それ相応のお礼はする」

カイジは少しだけ後悔していた。

ツイてねえ。こんなことなら大槻に『当面の身の安全も含めて五億円』だという条件を呑ませて、素直に五億渡せば良かった……いや、ここに来なかったら預金封鎖と新札発行を知らずに五億が紙くずになってたわけだから、やっぱりツイてたのか？　わかんねえ！

カイジは頭を掻《か》き毟《むし》りたくなる衝動を必死に抑えた。

「私乗った。これってとんでもないプロジェクトじゃん。私たち、このプロジェクトの主役ってことでしょ？　やろうよ、カイジ。今まで生きてきて一番面白いかも！　キュー‼」

加奈子はそう言って親指と人差し指を立てる。

「え？」

「ほら、もうカチンコ鳴ったよ。スタートだよ、キュー！」

加奈子はキューのポーズを繰り返すばかりか、人差し指でカイジをつついてくる。

若い女のスキンシップが全然わからなくて、カイジは思わず叫ぶ。

「よせよ！　何がキューだ。オレはやらねえ。だいたい、お前歳下のくせに呼び捨てにすんじゃねえよ！」

「いいじゃん、別に」

「冗談じゃねえ、オレはやらねえって！」

ったく。元々、オレは国を救うとかそんなガラじゃねえ。余計なもんが肩に載ってたら勝てる勝負も勝てなくなっちまう。

だが帰ろうとするカイジの背中に廣瀬がこんな言葉を投げかけた。

「相手があの帝愛の人間だとしてもですか？」

「帝愛⁉」

カイジは反射的に振り返る。

「会長が全財産を賭けるのは帝愛ランド内で行われるギャンブルです。そこで因縁のある相手と互いの財産を奪い合います」

そう言うと廣瀬はタブレットＰＣを操作し、一人の中年男性の写真を見せる。カイジはその男の顔に心当たりがあった。

こいつ……よしよし興業の社長!?

そんなカイジの疑問に答えるように東郷が口を開く。

「この黒崎はわずか数年で日本の派遣業界のトップに君臨し、今やよしよし興業は日本の派遣業界を牛耳るまでになった、まさに日本の派遣王と呼ばれている男だ。そして黒崎もまた勝ち逃げしようとしている者の中の一人……」

カイジの脳裏に黒崎の横暴がフラッシュバックした。

オレたちから極限まで吸い取り、病身の杉山の尊厳を傷つけたあの野郎が勝ち逃げなんて……許せるわけねえだろ!

「……ああ、クソッ!　わかったよ。やってやるよ。ただし報酬はたんまりもらうぞ」

せめて見送った十億ぐらいはもらわないと割に合わない。

「ああ、約束しよう」

「やった!　これで決まりだね」

「で、肝心のギャンブルはなんだ?　何で勝負する?」

「帝愛ランドで開催している中で、最も過酷なギャンブル……通称『最後の審判』。

またの名を『人間秤』とも」

「『最後の審判』ってなんだよ？」

「『人間秤』ってどういうこと？」

期せずしてカイジと加奈子の疑問が重なる。それに対し廣瀬は笑いもせず、こう告げた。

「百聞は一見にしかずです。これから見に行きましょう」

二時間後、カイジたちは地下行きのエレベーターに揺られていた。

二度と来るまいと思っていたが、まさかこんな形で再訪する羽目になるとはな。

「カイジ、顔色が悪いよ？　閉所恐怖症？」

「なんでもねえよ」

エレベーターのドアが開くと、そこは見渡す限りの遊技場だった。

「うわあ……地下にこんな広いカジノ作るってどういうセンス？」

「悪趣味なんだよ、あいつら」

「えっ？」

だがカイジは加奈子の疑問には答えず、さっさと先に進む。

今ここは帝愛ランドと呼ばれている。だがカイジにとってはあの忌々しい地下労働場のなれの果てでしかない。

こんなものを作るためにオレたちはあそこで命を削ったのかよ……。

カイジは思わず一条聖也《せいや》の姿を探す。勿論、見つかるはずもないのだが……。

だがその代わり、別の知った顔を見つけた。

あれ、今の作業服の中年女性……もしかして杉山さんか？

よしよし興業で別れて以来だったが、少し咳をしていたしおそらく本人だ。

杉山さん、ひとまずは派遣を切られなくて良かったな。でもオレが声をかけたら迷惑だろうしな……。

カイジが杉山に声をかけようか迷っていると、廣瀬に肩を叩かれた。

「カイジさん、あれを見て下さい」

廣瀬の指した先には大型ビジョンがあり、『最後の審判』の宣伝映像が流れていた。

「信頼、名声、金、勝つものが全てを得る！　負ければその全てを失う。それが最後の審判！　マッチメイクされた敵対する二名が全財産を金塊に換え、天秤《てんびん》となっている秤の上に乗ってその重さを競い合う究極の総力戦ギャンブル。保有資産が拮抗《きっこう》している二人が戦いあうことで、一人は破滅し、一人は資産を倍にすることができるのです！」

総資産の比べ合いで、おまけに負ければ全てを失う……実に恐ろしい勝負だ。よほど自信があるか、相手を破滅させたいという気持ちがないと挑めないだろう。

「ちなみにこの勝負はあくまで個人対個人の戦いであり、帝愛側は場所を提供しているだけです」

廣瀬はそう言うが、カイジは信用していなかった。黒崎は帝愛の人間、ゲームの仕組みにも詳しい。いざとなれば黒崎が汚い真似をしてくるのは明らかだった。

できればこちらも何か仕掛けたいところだが、どうしたものか……。

「そして、このゲームの一番の特徴は〝支援者〟をつけることができるということです」

「支援者？」

「『Family』、『Friend』、『Fixer』、『Fan』……戦いはこの四つに分類され、それぞ

れのステージで支援者が秤に金塊もしくは金貨を入れることができます」

「それで最終的に重かったほうが勝ち、ってことよね？」

つまり事前にどれだけの支援者を用意できたか、決戦当日にどれだけ会場の支援者を説得して、自陣に取り込めるのかが勝負の分かれ目となるってことか……。

「あちらの大型ビジョンでは前回の勝負の模様が流れてますね。もう『Fan』のステージになっているようですが……」

廣瀬に言われて別方向の大型ビジョンに視線を向けると、ご丁寧にも画面隅に『ホスト王vs.銀座ホステス』というテロップが表示されている。

そして、ちょうどホステスがホスト王に向かって啖呵《たんか》を切っている場面だった。

『ベッドの上でいつも言ってたよ。女騙すのなんて余裕だって！　見てこれ、ぶっさいくなくせしてさ!!』

ホステスはそう言って大量の写真をばら撒《ま》く。その写真に写っているのは今のホスト王とは似ても似つかぬ醜男《ぶおとこ》で、ホスト王は顔色を変えた。

『おまえ……これ！』

ホステスはホスト王の狼狽《ろうばい》を見て、ケラケラ笑う。

『これがこいつの本当の顔だからぁ！　この顔はさ、女騙すために作られた偽物なんだって！　あなたたちはみんな偽物に騙されてた、ただの金ヅルだったんだよ！』

その言葉で明らかに潮目が変わった。ホスト王側にBETしようとしていた女性たちが「最低！」「マジ、死んで」、「金返せよ！　ブサイク！」などと次々に暴言を吐きながら、ホステス側の秤に金貨を投げ入れて行く。

「おい……待てよ！　オレを信じてくれって！　なぁ！」

ホスト王の声は虚《むな》しく響く。既に趨勢《すうせい》が決したことは明らかだった。

結局、このゲームは天秤の背後にある大時計が終了時刻を指したことで決着を迎えた。だが、そんなことよりもカイジには気になることがあった。

「……秤の台座はあんな高い位置にあるのか？」

「一時間ごとに台座が上がって行く仕組みになっています。約四時間で台座はあの高さまで上がります」

「あんな高いとこにあったんじゃ、金貨しか投げ入れることできないじゃんね」

加奈子の言葉に廣瀬は肯く。

「その通りです。ですから、必然的に『Fan』での戦いは金塊ではなく、金貨を投げ入れることで競い合うことになります」

「質より量……終盤に一発逆転できないような仕組みになっているわけだな」

「実際、最終的に勝敗を決めるのはラストに用意されている『Fan』、つまり会場にいる観客たちだと言われています。『Fan』においては、勝った方に賭けていれば賭けた倍の金額が返ってくるだけでなく、就職先などその後の人生も勝者から与えられます。無職の者たちからすればハローワークよりよほど役に立つ人気のショーです」

「なるほど。いかに、『Fan』までの各ステージで観客を味方につけることができるか、それが勝負の肝ってわけね……」

カイジは再考する。誰もが終盤の一発逆転はないとわかっているからこそ、敢えてそれを狙う方法はないか……。

「なあ、会場の下見はできないのか？」

いつまでも頭の中で考えてたって埒《らち》が明かない。どう考えても実物を見て、とっかかりを見つける方が早い。

だが廣瀬は小さく頭を振る。

「今はメンテナンス中です。なんでも大時計の整備が遅れているとのことで……関係者以外は決戦当日までは入れません」

クソッ。そんなことを言っても黒崎は帝愛の幹部として自在に出入りしたり、設計した技術者に勝負にまつわる機械のギミックを聞くことができるではないか。やはりこの勝負、決してフェアな条件ではない。

「ねえ。そこで何か始まるみたいだから、入ってみようよ」

「いや、オレは……っておい！」

加奈子に手を引っ張られ、カイジも廣瀬も無理矢理どこかの会場に引きずり込まれる。

「ったく、これ見たら帰るぜ」

カイジは客席に腰を下ろすと、周囲を観察する。客席の正面はフェンス張りで、その向こうは吹き抜けになっている。結構な高さがあるようだ。

そういえば客席にもまだ上があるみたいだな……一体、ここでどんなギャンブルをするっていうんだ。

そんなことを考えていたカイジはようやく隣の廣瀬の様子がおかしいことに気がついた。「おい、どうした」

廣瀬は神経質に貧乏揺すりをしている。

「いえ、大丈夫です。まさかドリームジャンプとは思わなくて……」

「えっ、ドリームジャンボ？」

「ドリームジャンプ、です」

加奈子の言葉を廣瀬が神経質に訂正する。

「一発逆転の死のギャンブルですよ。参加者は全員自殺志願者。十人中九人が死にます……」

なんだと？

カイジが言葉を失っていると、場内にアナウンスが流れる。

『ドリームジャンプは最高のギャンブルです。生き残れるのは、たった一本しかない繋《つな》がれたロープを引き当てた者だけ。夢を追ってジャンプした者の一人だけが大金を得ます。みなさまもどうか彼らの生死を当てて一攫千金《いっかくせんきん》を狙いましょう。ドリームジャンプ、まもなく締め切ります』

更にげんなりする内容だった。カイジがつい視線を泳がせると、近くに貼ってあったポスターに気づく。

自殺をお考えの方は手配者までご連絡下さい。あなたにとって、これは〝希望的自殺〟となるはずです。

こんなこと言われて喜んで死ぬやつがいるわけねえ。どうせ追い詰められて、どうしようもなくなったやつしか来てないんだ。

近くにあるモニターでは競馬のパドックのように参加者たちの映像が流れているが、カイジはとても直視できなかった。

「希望的自殺……それはそうかもね。どうせ最初から死ぬつもりなら十%の確率で生還して、大金を摑んだ方がいいし……」

その時、けたたましいサイレン音が鳴り響く。

『ゲームの時間です』

他の客たちはフェンスに張り付いて、吹き抜けの上方を見上げる。つられてカイジたちも上を見てしまう。

そこには十人の男女が立っていた。みな、バンジーのロープを身につけている。

『三、二、一、バンジー!!!』

カウントダウンが終わると同時に、男女が立っていた床の扉が開く。十人が落下し、その内九人はそのまま地面に叩きつけられた。

「なんてことを……なんてことしやがるんだ！」

カイジは思わず吠《ほ》えてしまった。

時間差でどこからか血の臭いが立ち上ってきた。

「カイジ、私吐きそう……」

加奈子が口を押さえて俯《うつむ》いていた。廣瀬も平静を装っているが顔色が悪い。

だが場内は当たった外れたで騒ぐ声で満ちていた。誰も彼らの死を悼んではいない。カイジたちのような者たちは明らかに少数派だった。

「生き残る一人が誰なのか。それを富裕層たちが当てて楽しんでいるんです」

「こんなもん、読みもクソもねえだろ……飛ぶ方にも賭ける方にもだ。ただ運否《うんぷ》天賦《てんぷ》のゲームじゃねえか……」

それでも富裕層が何を楽しみにして券を買っているのか、今のカイジにははっきりとわかる。

連中はセーフティを……安心を買ってやがるんだ。命を賭けるしかなくなるまで追い詰められた連中の生き死にを眺めて、自分たちの優位を確かめているだけだ。

外れ券が舞い散りカイジたちの元に落ちて来る。

「我々は最下層でしたが、賭ける金が増えれば上の特等席で見られるようです」

「胸糞《むなくそ》悪いとはこのことか……」

カイジは悪趣味な富裕層たちを睨もうと……いや、下で無惨に散っていった者たちを直視したくなくて、上を向いた。

帝愛め……久しぶりに来てみれば、こいつら何も変わってねえ。人の命をなんだと思ってやがる……。

実に低レベルなゲームだ。飛ぶ方も賭ける方もあまりにも愚か……。

帝愛のVIPルーム、高倉はソファで一人、モニターでドリームジャンプを眺めていた。

こんなものを喜んで見ている人間の気が知れんな。

　すると入室してきた待ち人から声をかけられる。

「お好きなんですか？　そのギャンブル」

　振り返るとウィスキーの注がれたグラスを両手に持った黒崎がこちらに満面の笑みを向けていた。

「実に愉快なギャンブルですよね。考案したのは何を隠そう、この私なんですよ」

「まあ、暇潰しにはなりましたよ」

　高倉はリモコンを操作しモニターの電源を切ると、黒崎に座るように促す。黒崎はグラスの一方を高倉の前に置き、それからソファに座った。

「ところで高倉さん、東郷という男が天明の儀の妨害を画策していることはご存じですかな？」

　腰を下ろすなり、黒崎はそんなことを口にした。

「それぐらい、既に摑んでいます」

　だからこそいざという時に金で転ぶ男の最筆頭だった小宮山を辞めさせたのだ。小宮山を切ったことで他の閣僚への牽制《けんせい》にもなったはずだ。

「流石は高倉さんだ。実は九日後にその東郷とギャンブル対決をします。種目はなんと、最後の審判です」

「ほう、全財産を賭けるつもりですか？」

高倉の調べでは黒崎の総資産は約四百億だったはずだ。

「ええ。ここで東郷から根こそぎ奪っておけば、天命の儀が阻止されることもありませんよ。まさに天の配剤とは思いませんか？」

「そうかもしれませんね」

高倉は苦笑する。

「東郷は余命僅か、だから私財を擲《なげう》って天命の儀を阻止しようとしている。最後に善行をして天国に行こうとしているつもりかもしれませんが、まったく迷惑な輩《やから》ですな！」

黒崎は忌々しげに吐き捨てる。その様子からは破滅するかもしれないという恐れは一切感じられなかった。

まあ、当然勝つための仕掛けを用意しているのだろうが……。

「黒崎さん、もしも私が最後の審判を中止してほしいと言ったら……どうします？」

「それは困りますな……だって私が絶対に勝つのですから」

やはり思った通りか。

「勝敗が問題ではないのです。東郷が閣僚の買収工作に走ったところで、現時点では絶対的に資金が足りません。東郷は最後の審判で勝たない限り、詰みです。みすみすチャンスを与えてやる必要はないでしょう」

いかに勝算が高かろうが、毛ほども勝機を与えないのが基本だ。天命の儀が終わり、預金封鎖と新札発行が行われれば東郷の資産は日本国に吸収されるのだから。一方で黒崎は資産をそっくりそのまま持ち越せるのだ。賢い者ならそれで手を打つ。

だが黒崎はそうは考えていないようだった。

「高倉さん、私はね。日本中の、いや世界中の金が欲しいんですよ。そのために拾える金はビタ一文落としたくない。あの死にかけが全財産を投げ出すというのです。根こそぎもらってやろうじゃありませんか」

その話しぶりはまるで会長の兵藤和尊《かずたか》が取り憑《つ》いたようだった。帝愛の事実上のトップという立場がそうさせるのだろうか。いや、これはおそらく……。

「……どうやら帝愛獲りに動くという話は本当のようですね」

兵藤には和貴《かずき》という長男がいる。和貴はまだ和尊の全てを継ぐには若いため、跡目は黒崎と言われてはいる。だが帝愛内部には黒崎をよく思わない者たちも多い。そんな反黒崎派が和貴を担いで、黒崎を追い落とすという噂がまことしやかに囁かれていた。

もし黒崎がこの勝負に勝てば資産はおそらく一千億を超える……反黒崎派を懐柔するには充分な実弾だ。

だが黒崎はかぶりを振り、上目遣いで高倉にこう告げる。

「このVIPルームには我々しかいませんが……それでも滅多なことをおっしゃらないで下さい」

しかし決して咎めているというわけでもなさそうだ。その証拠にウィスキーのグラスを嬉しそうに傾けている。

帝愛獲りを狙う黒崎が東郷と最後の審判をやることはもう動かないようだ。帝愛グループには新体制移行による社会的な混乱を緩和する仕事をはじめとして、様々な協力をしてもらうことになっている。ここで黒崎にへそを曲げられでもしたら、新体制そのものが瓦解しかねない。

不本意だが、最後の審判の実施を認めざるをえまい。

「……まあ、東郷に資金を増やせるアテがあるとは思いませんが、万が一ということもあります。黒崎さんが東郷を潰してくれるというのならこちらとしては異論はありません」

「もちろんですよ。何卒《なにとぞ》高倉さんのお力添えを……」

「お任せ下さい」

その時、ＶＩＰルームのドアが開き、黒崎の配下の黒服が駆け込んでくる。

「黒崎様！」

「勝手に入ってくるなど……何事だ？」

「東郷側に、あの伊藤開司が味方についたようです」

伊藤開司……知らない名前だ。

高倉は日本の政治家、官僚、財界人は全て記憶しているがその名前には心当たりがなかった。

「カイジ……？」

そんな高倉の疑問に黒服が答える。

「我々、帝愛とは何かと因縁のある男でして……そして今、ちょうどここに来ているようです」

黒服がリモコンを操作すると、ドリームジャンプの会場が映し出された。ジャンプが終わって今は清掃の時間のようだったが、その様子を嫌悪感を浮かべて見ている男がいた。私の目には汚い身なりの普通の男にしか見えないが……。

「あの時のガキ……カイジが向こう側についたのか……」

黒崎は苦虫を噛《か》み潰したような表情でモニターの中のカイジを眺めていた。

「どこかで面識でも？」

「……いや、大した話じゃありませんよ。単にウチの派遣会社でトラブルを起こしたってだけです。私じきじきに出禁にしてやりましたがね」

一見取るに足らない男のようだったが、高倉はカイジのことがやけに気になった。

「すみませんが、その伊藤開司の資料があったら見せていただけませんか？」

「はっ！」

黒服が小脇に抱えていた封筒を高倉に恭しく差し出す。高倉は封筒から資料を取り出すとパラパラめくり、そのまま黒服に返した。そんな高倉を見て、黒服は慌てたように訊ねる。

「何か資料に不備でも？」

「いや、もう全て頭に入ったので」

ハッタリではない。高倉は一度見たものを全て憶えてしまう能力を持っていた。記憶力がいいのもあるが、そもそも目が異常にいいのだ。

高倉は記憶した資料を脳内で検索する。

「……ほう、過去にそちらの幹部である利根川氏と一条氏をギャンブルで倒したと。しかし多額の金を得たにもかかわらず結局今も底辺の生活を……なかなか面白い男ですね」

命をすり減らすほどのギャンブルに勝利しておきながら、手元には金がない。それでも大金を得るチャンスがあるとわかれば沼に飛び込んでくる……典型的なギャンブル中毒者だ。

「恐れるに足りないと思いましたが、一応報告をと」

だが高倉は帝愛のギャンブルの悪意を知っている。察しの悪い愚か者はすぐに転落し、運だけの者もほどなく搦《から》め捕られる。あれを幾度もくぐり抜けてきたというのなら、何かを持っているのだろう。

こんな男一人に秤を、天命の儀を壊されるとは思わないが、目に見えているリスクは潰しておくに限る。

「ところで黒崎さん、随分と情報が早かったですね」

高倉が水を向けると黒崎はニヤリと笑う。

「ええ。実は東郷側に内通者を飼っておりましてね。カイジがここにいると教えてくれたのです」

黒崎が強気なのはそれが理由か。確かに内通者がいるなら東郷の資産の詳細や支援者の状況も筒抜けだ。いくらでも対策の立てようがあるだろう。

それでもこの男の立てる対策が万全とは限らない。私も少し動くか……。

「では黒崎さん、後であなたの内通者と連絡を取らせていただけませんか？　上手くすればカイジとやらを勝負から排除できるかもしれません」

「ええ。いいですとも」

黒崎はグラスを高倉に向けて突き出す。高倉は仕方なくグラスを手に取り、乾杯をした。

「あなたは日本の陰の支配者、そして私は帝愛の陰の支配者だ。陰の支配者同士、これからも仲良くやっていきましょう」

「……ええ」

美味そうにウィスキーを飲む黒崎を眺めながら、高倉はグラスを少し傾ける。

私は別に支配者になることに興味はない。支配なんてただの手段に過ぎないのだから。日本を立て直せさえすれば、他のことはどうだっていい。

いかに高倉が優秀な人間であろうと日本が民主主義国家である以上、政策決定を単独で行うのは不可能だ。だから総裁選を裏で操って渋沢の信頼を勝ち取り、経産省を辞めてまで政務担当首相秘書官になったのだ。

だが渋沢が事ある毎《ごと》に高倉の優秀さを方々で強調したのは誤算だった。お陰で『陰の総理』なんて不本意な二つ名を背負う羽目になったのだから。

地位も名誉も不要……欲しいのはただ、日本の再生という結果だけだ。

「高倉さん……やっぱりカイジの排除に手心を加えていただけませんか？」

黒崎はグラスを空にしながら、上機嫌にそうお伺いを立てる。

「それはどういう意味ですか？」

「あいつに最高の最期を与えてやる方法を思いついたんです。私の策が上手くいけば……あいつは無様に自殺しますね！」

そう言うと黒崎は手を叩いて爆笑した。

カイジを自殺させることで憂さを晴らすつもりなのだろう。だがカイジを消したいのなら、誰かを雇って殺させればいい。「自殺させる」というのは決定権をカイジに委ねている時点で不確実性が伴う。

この詰めの甘さ……やはり黒崎が負けた時のプランが必要だな。

「わかりました。黒崎さんの楽しみを損なわないようにします」

高倉は微笑んで黒崎に同意の意を示す。面従腹背、高倉がずっとやって来たことだ。


東郷のアジトに戻ったカイジたちは早速打ち合わせを始めた。当然、話題は最後の審判における支援者たちについてだ。

「まずは『Family』だが……弟の義信《よしのぶ》が私の支援に回ってくれる決意を固めてくれた」

東郷は心なしか嬉しそうにそう告げた。

「弟は港区に土地を持っている。その土地はすでに嫁いだ娘夫婦の名義になっているから、敵側もわからないはずだ」

「資産価値は？」

「想定五十億」

五十億！　ありがてぇ……五百億円スタートで五十億は大きなアドバンテージだ。

「五十億も賭けてもらえるんだ。ジイさん、絶対に勝たねえとな」

「わかってる。これで何とか『Family』の支援者なしという事態は避けることができた」

「他にはいないの？」

加奈子がそんな疑問を口にすると、東郷は寂しげに答える。

「……現状、家族と呼べる人間は弟ぐらいしかいない。私の弱点は『Family』なんだ」

カイジは廣瀬が何か言いたげな顔をしているのに気がついたが、構わず東郷に質問をする。

「あれ、結婚は？」

「二十年以上前に妻と別れ、それからはずっと一人だ」

「でも『Family』が苦しいなら、どこでその穴埋めをするんだよ」

廣瀬が口元を僅かに上げる。

「ご安心を。会長の最大の支援者は『Friend』にいます。堂本雅治《どうもとまさはる》氏をご存じですか？」

その名前を聞いた瞬間、加奈子が目を大きく見開いた。

「知ってる！　堂本テクニクスの社長でしょ？」

「……あの有名なIT企業か!?」

加奈子に遅れて気がついたが、確か堂本テクニクスの総資産額は五百億を超えると言われていたはずだ。

東郷はカイジたちの言葉に首肯した。

「実は堂本とは学生時代からの親友なんだ。今回私の支援を名乗り出てくれた」

堂本が総資産の五百億の内、いくらをこちらに投じてくれるかは蓋を開けてみないとわからないが、五十億は堅いのではなかろうか。何より『Friend』に堂本テクニクスの社長がつくという事実は額面以上の価値があるはずだ。間違いなく『Fan』で効いてくるだろう。

「けど敵側にそれがバレたら、堂本社長は狙われるんじゃないか？」

「大丈夫です。堂本様には私が手配した安全な場所で待機して頂いています」

廣瀬が眼鏡を押し上げながらそう答える。万事抜かりはないと言いたげだ。

「どこにいるの？」

「生憎《あいにく》、それは申し上げられません」

「えー、私たち仲間でしょ？」

カイジは不満そうな加奈子を手で制した。

「よせよ。こいつはオレらが堂本の居場所の情報を持って裏切らないか警戒してるんだ」

「まあ、警戒する気持ちはわかるけどさ……」

加奈子は尚も文句を言っていたが、廣瀬は馬耳東風という様子だ。

「最後に『Fixer』ですが、取引銀行が限度額いっぱい融資してくれる手筈になっています。今のところ十億程度の見込みですが、勝負の状況次第ではより多く増えることも期待できるでしょう」

そう上手くいくといいけどな……。

廣瀬はまるでそれをプラス材料のように語っているが、銀行は兄弟や友人と違ってビジネスで参加している。劣勢だったら融資を渋る可能性もあるわけだ。

「まあ、現時点でのこちらの戦力は全て開示したはずだ。勿論、これだけで勝てるとは思っていないが、本格的な始動は明日からで構わない。今日のところはゆっくり休んでくれ」

カイジも加奈子も東郷の申し出を素直に受け入れたことは言うまでもない。

与えられた部屋は快適だった。アジトなので決して広い個室とは言えないが、少なくともカイジが利用していたネカフェやサウナとはえらい違いだ。

こりゃ、今夜は久々によく眠れそうだ。

そう思いながらまどろみ始めていたら、突然ノックの音がした。

「誰だ？」

どうにか起き上がったカイジがドアを開けると廊下に廣瀬が立っていた。

「カイジさん……少しよろしいですか」

こんな時間に一体、何の用だ？

「あ、ああ……どうした？」

どうあれカイジは居候の身だ。そんな本音は呑み込み、廣瀬の話を聞くことにした。

「実はあの場では言えなかったのですが、会長には長年連れ添った愛人がいました」

「愛人？」

「そしてその愛人との間には子供もいます」

つまり東郷にはまだ『Family』がいるということだ。

「プライベートなことまで随分と詳しいんだな」

「ええ、私は会長の秘書として働いて三年になります。会長のことなら何でも知っています」

「そうか……で、その愛人がどうしたんだ？」

廣瀬はアジトの中だというのに周囲を見回す。それだけ誰かに聞かれたくない情報なのだろうか。

「会長はある日突然愛人とその子供を捨て、手切れ金代わりに、見たこともないような絵画を贈ったそうなんです」

「絵画？」

「おそらく破格の価値がある絵画を贈ったに違いありません。きっと十億……いや二十億は下らないことでしょう」

欲張って見積もって二十億として……弟の義信からの支援が五十億、親友の堂本からの支援が五十億だろうから計六百二十億。そこに銀行からの融資が加われば、『Fan』でコインを呼び込むには充分な額だ。

「だったらその愛人からその絵を提供してもらえりゃ、かなりのアドバンテージになるな……ジイさんはその愛人の居場所、知らないのか？」

廣瀬は深くかぶりを振る。

「知っていたとしても会長はその絵を売ろうとはしません」

「どうしてだよ!?」

「縁を切るために贈ったものです。今更返せとは言わない。会長はそういう人です」

「そんなこと言ってる場合じゃねえだろ！　勝たなきゃ意味がねぇんだ」

「私だって同じ気持ちです。だから会長には内密で見つけてほしいんです」

「……アテはあるのか？」

「愛人を知っていると思う人物がいる場所なら。ひだまりコロニーをご存じですか？」

まったく聞いたことのない名前だ。

「いや……老人ホームか？」

「いいえ。オリンピックが終わってとうに用済みになった競技場です。今はそこにテント村ができてるんですよ。まあ、高齢者が多いのは事実ですが」

「実際、行き場のなくなった連中も沢山いるだろうしな……」

カイジだって他人事《ひとごと》ではない。働き口がなくなるか、怪我《けが》や病気で働けなくなればテント暮らしを余儀なくされる身分だ。

「そのひだまりコロニーにかつて会長の側近だった早川《はやかわ》という老人がいます。彼なら何か知っているはずです」

「わかった。明日の昼、オレが話を聞いてくる」

　翌日、カイジはひだまりコロニーに足を運んだ。よそ者の侵入を拒むように入場ゲートには物々しいバリケードが築かれていたが、みすぼらしい格好のカイジは仲間だと思われたのかフリーパスで通ることができた。

　底辺暮らしもたまには役に立つもんだな。

　競技場に足を踏み入れたカイジを待ち受けていたのは、テントで埋めつくされた陸上トラックという異様な光景だった。

　まるで一つの集落みたいだな……。

　テント村の中には食堂や雑貨屋のようなものもあり、弱い者同士身を寄せ合って必死に生きているのが伝わってきた。

　何人かに訊ねた結果、早川という老人のテントはあっさりと見つかった。

「東郷か……オレにとっては忘れたい名前だったんだがな」

　最初は警戒心も露《あら》わにカイジを追い返そうとした早川だが、手土産代わりに持参したサバ缶を差し出すと一転して上機嫌でカイジを自分のテントに招き入れた。

「東郷ほど強欲な男はいなかった。当時、オレは東郷の直属の部下として働いていたが、売り上げが悪いと怒鳴り散らされ蹴飛ばされた。虫ケラみたいな扱いをずっと受けてきたんだ……」

早川はごろりとしたサバの塊を美味そうに頬張っている。カイジは少し前コンビーフに舌鼓を打っていた自分を見ているようで気恥ずかしかった。

「それで精神を病んで、仕事やめてフラフラしてたら……今はこんなとこに流れついた」

「信じらんねえな。あのジイさんが……」

話を聞く限りでは、かつての東郷は帝愛の幹部も真っ青の鬼経営者だったようだ。しかし今の東郷にはまったくそんな気配はない。年齢や病気もあるだろうが、そもそもそんな人間が国のために立ち上がるのもおかしな話だ。

「東郷がまともになってきたのは、愛人の宏美《ひろみ》さんと出会ってからだ。当時でも珍しいほど古風な女でな。オレもよくしてもらった。だが結局、東郷は宏美さんも捨てた」

「その愛人は今どこにいる？」

て話だ」

「もうこの世にはいない。オレも詳しく知っているわけじゃないが、病気で死んだっ

「なんだって？」

マズい。愛人の絵画はいざという時の切り札として使えたはずのものだったのだ。

それが手に入らないとなると不安が残る。

「その宏美さんに家族はいなかったのか？」

「東郷との間に子供を一人残してた……今どこでどうしてるかわからないが、さぞ東郷のことを恨んでるだろう」

「じゃあ、東郷のジイさんが宏美さんに贈ったっていう高い絵画のことは知らないか？」

「ん？　あの当時、東郷に絵画を愛《め》でるような趣味はなかったはずだが……もしそんな高いものを落札してたら直属の部下のオレの耳にも入ってるだろうし」

どういうことだ？

廣瀬は東郷が高い絵画を宏美に贈ったはずだと言うし、早川はそもそもそんな絵画なんてあるわけないと言う。この矛盾は何を意味するのだろう。

いずれにせよ、現時点ではその絵画に辿り着くための手がかりはないということだけは確かだ。

「本当か？　何か見落として……」

そこまで言いかけたところで突然、外がざわざわと騒がしくなった。「なんだ？」と思う間もなく、若い男の声が響いてきた。

「ひだまりコロニーで寝泊まりしているみなさま方。速やかにここから出て下さい」

テントの生地越しにもよく聞こえるということはおそらく拡声器を使っているのだろう。この声の主が招かれざる客なのは明らかだった。

「国の連中、また来やがったか」

サバ缶の汁を飲み干した早川が顔をしかめる。無論、サバ缶の味が変だったわけではないだろう。

「言うまでもなくこの競技場は国の所有物であり国の財産です。税金を払っていないあなた方がここに居座る資格など何一つありません。すぐに退去して下さい」

「あいつら、オレたちをここから追い出そうとしてやがる」

早川は怯えた様子で自分の細い身を掻き抱《いだ》く。そんな早川を見ていられなくなって、カイジはテントの外に出る。

すると不安そうな表情の老人たちが一人の若い男を取り巻いているのが視界に入った。そして案の定、男の手には拡声器が。

「さて、これまで幾度となく警告して来ましたが、本日応じて頂けない場合、強制退去とさせて頂きます」

その途端、カイジが入って来たゲートから何十人もの警察官が侵入してきた。あのバリケードも屈強な本職の前には無力だったようだ。

そして警察官たちはテントから老人たちを引っ張り出す。そればかりか、無人になったテントを次々と潰しているではないか。

「おい？　何やってんだ!?　無理にやめろって！」

住処《すみか》を失った老人たちがどんどんひだまりコロニーの外に連行されていく。その光景にカイジの胸は張り裂けそうになった。

「待てよ。動けないやつだっているだろ！　このまま外に出て飢え死にしろってのかよ？」

「おや、ここにいる者たちは働きもせず、何も生み出すことのできないまさに老害たちですが？」

若い男が拡声器を下ろして、カイジの言葉に応える。身なりや立ち居振る舞いからして、立場のあるエリートなのは明らかだった。

おまけによく見りゃ結構な男前じゃねえか……今のオレはこいつに勝ってる要素が何一つないぞ。

それでもカイジは闘志を奮い立たせて、どうにか訊ねる。

「この強制退去はおまえの差し金か？」

「ええ。働かざるもの食うべからず、食えないなら死んで頂いて結構……その方がわが国の未来のためです」

男は良識を疑うようなことを平然と口にした。

「そもそも今の日本はひどく薄いんですよ……仮に国が濃くなるというのであれば、人口が半分になったところで一向に構いません」

カイジはこの不愉快な色男を黙らせるために殴りかかりそうになった。だが最後の審判を控えて問題を起こすのはあまり得策ではない……そう思った途端、どうにかクールダウンできた。

握った拳を下ろし、ただ怒りだけを言葉に変換する。

「……ここに辿り着くような人間はどこかで間違えたのかもしれねえが、それでも必死に生きてきたんだ。おまえが言ってるのは『失敗したやつは全員死ね』ってことだろうが！」

「意外と冷静ですね。伊藤開司さん」

見ず知らずの男に名前を呼ばれ、言い様のない不快感に襲われる。向こうはこっちを知っているが、こっちは向こうを知らないというのは想像以上にストレスがある。

「……怒りに任せて私を殴ってくれればすぐに逮捕、そのまたっぷり拘束して差し上げたんですけどね」

その時、カイジは目の前の男の正体にようやく思い至った。

「……あんた、高倉とかいう陰の総理か。なんでそんな大物がこんなところに？」

「そんな大層なものじゃないですよ。ただの政務担当首相秘書官にすぎません」

高倉はそう言いながら、近くにいる警察官に拡声器を渡す。そして意味深に笑うと、カイジにこう言い放った。

「最後の審判、楽しみにしてますよ」

ひだまりコロニーを離れたカイジは尾行を警戒して、アジトまで遠回りをして帰ることにした。気のせいかもしれないが、なんだかずっと後をつけられているような感覚があるのだ。

それにしてもあいつ……どうしてオレなんかのことを知っていた？　いや、それよりも東郷のジイさんの味方になったことまで把握してるなんて……。

早川の話やひだまりコロニーの強制退去、おまけに高倉のことで頭が一杯でなかなか考えがまとまらない。お陰でまだアジトに帰り着いていないのに、すっかり日が暮れていた。

あんまり遅くなるとあいつらが心配するな。なんだか人気もないし……流石にもうまっすぐ帰るか。

ふとカイジは正面からこちらに向けて走って来る車の存在に気がついた。

あれはかなり古い国産車だな。メーカーは忘れたが丈夫さだけが取り柄のやつだ。まあ無理もねえ。新車を買うにも相当な金がかかるし、維持費だって馬鹿にならないもんな。って、なんだかまぶしいな……。

そのあまりのまぶしさに、カイジはようやくヘッドライトが自分を向いていることに気がついた。

……オレを轢《ひ》く気か!?

そう思った瞬間、カイジは横に跳んでいた。直後、さっきまでカイジがいた空間を車が走り抜けたのを見て、カイジの背に冷たい汗が流れた。

「おい、あぶねぇだろ!」

カイジが思わずそう叫ぶと、車は停車した。降りてきて謝罪の言葉を並べるのか、それとも襲いかかってくるのか……いずれにせよ警戒を怠るべきではない。

だが刹那、カイジの後頭部を強い衝撃が襲った。

そんな……背後には誰の気配もなかったはずなのに。

カイジはそのまま仰向けに倒れる。意識が途切れる前に視界に入ったのは、薄闇の中をホバリングしているドローンだった。

意識を取り戻したカイジがまず知覚したのは埃《ほこり》と油の匂いだった。

そういや坂崎《さかざき》のおっちゃんのアジトもこんな匂いだったたな。沼を攻略したのはどれくらい前だったか……なんだか懐かしいな。

「おい、起きろ！」

突然そう呼びかけられて、カイジは完全に覚醒した。目を開くと、そこは廃工場のような場所だった。

「なんだおまえ……」

思わず立ち上がろうとするが、まったく動けない。それでようやくカイジは自分が椅子に縛り付けられていることに気がついた。

ゆっくりと顔を上げると四人の若者、彼らの顔に見覚えがあるような気もしたが思い出せない。ただ汚い身なりからして、カイジと同じような階層だろう。

なるほど、廃工場なら監禁先としては申し分ないな。

だがカイジは不思議と生命の危機を感じなかった。上手く言葉にできないが、これまでに遭ってきたことを思えばあまりにも緩い。

それでも彼らと言葉を交わさないことには何も始まらない。カイジは口を開いた。

「どうしてオレはここにいる？」

「やっとお目覚めだよ。『バベルの塔』ではよくもやってくれたな」

そう言われると一人の顔には見覚えがある。『バベルの塔』でカイジと最後まで競った菅原という青年だ。

その横にいるのは今野だったか……記憶が曖昧だ。

「ああ、あの時は惜しかったな……」

「光栄だな。憶えていてくれて」

菅原は憎々しげに吐き捨てる。

「子分を引き連れて意趣返しってところか」

「子分じゃねえ！」

血気盛んそうな別の若者が吠える。その隣にいる太った若者も、声には出さなかったが不快そうな表情を浮かべた。

「富樫《とがし》は車の運転ができた。真山《まやま》はドローンが使える。『バベルの塔』では敵同士だったが、仲間に引き入れた」

太った若者……真山が言葉を続ける。

「オレのドローンの操作はどうだった？」

そうか、上から重りか何かを落とされたのか……。

確かに見事な連係プレーだった。カイジもまさかドローンに気絶させられるとは思っていなかった。

「しかしおまえら、逆恨みにしては随分と大がかりだな」

菅原が口の端を歪《ゆが》める。

「匿名でおまえが大金を持ち歩いていると情報が入ってな。襲うなら今だって。だからひだまりコロニーからずっと尾行して、おまえが一人になる瞬間を待っていたんだ」

どういうことだ？　オレが魔法のキーを選んだのはこいつらも知ってるはずだ。

大槻が腹いせにオレを売ったか？　いや、大槻はオレが東郷と会ってからのことは何も知らないはずだ。わからない。一体、誰が何のために……。

「あの金でオレは……この工場を再開させるはずだったのに。それをおまえが潰したんだ！」

「菅原さんはここで災害用のロボットを作ってたんだ。おまえみたいなクズと違って優秀なエンジニアだったんだよ！」

「言うな今野……だけどこれで工場が再開できる」

そう言って菅原は握りしめた鉄パイプをカイジに突きつける。

「さあ、カイジ。早く金を渡せ」

「金なんて持ってねえ！　金を選ばなかったの見てただろ」

「でも今は金を持ってんじゃねえのかよ……？」

こいつら、本当にどうしようもねえボンクラだ。

拉致監禁されても全然脈拍が上がらないと思ったら……相手が間抜けすぎて身体が危機感を覚えてくれないのか。

「で、オレの身体を調べても見つからなかったから、こうやって起こして尋問してるんだろ？」

「それは……」

本当に話にならねえ。

「はぁ？　本当にバカかおまえら」

「何だよ……？」

「後先考えねえでこんなふざけた真似しやがって。顔も隠さねえで強盗か？　オレをこの場で殺さねえ限りおまえら簡単に捕まるぞ？　おまえらにやれるのか？　オレを殺せんのかよ!?」

「や、やってやるよ……！」

菅原は鉄パイプを深く握り直したが、その手は震えていた。

「は？　震えてんじゃねえか!!」

そう指摘された菅原は更に震え、膝までガクガクしていた。とてもカイジに殴りかかれる様子ではない。

カイジは苛立ち、更に追い打ちをかける。

「だからおまえらはダメなんだよ！　短絡的でその場しのぎ、計画性はゼロ。ノリでしか生きてねえ」

依然としてカイジは拘束されたままだ。彼らの内の誰かが逆上すれば本当に殺されかねない。それでも言わずにはいられなかった。

「クズ同士が固まっていたって一生ここから抜け出せるわけねえ！　それどころか、おまえらみてぇな生き方じゃ、生まれ変わったってどうせまたクズだ！　クズクズクズ、クズの人生をただ繰り返して死んでくだけだ！」

思いつく限りの罵倒を吐き出した。リンチでもされるのかもしれないと覚悟したが、なんと菅原は大粒の涙をボロボロこぼし始めた。

「そりゃあよ……うちらみんなクズだよ。んなことは言われなくてもわかってるよ。けどよ……そんなにクズクズ言わなくてもいいじゃねえか！　オレはただ……親父《おやじ》が残してくれたこの工場を潰したくねえだけなのによぉ！」

他の連中も情けない顔で菅原のそんな様子を見ていた。

「情けねえ……本当に情けねえな」

いつしかカイジの目からも涙が溢《あふ》れていた。

「なんであんたが泣くんだよ」

「おまえらのことを後先考えねえだのクズだのと罵ったけど、オレもおまえらと何も変わりやしねえんだ。オレらは先の先がわからない。だからいい歳してこんな情けない生活を送ってる。おまえらだってそうだろう？」

そう言われて今野も富樫も真山も、つられるようにして泣き始めた。

「……オレだって、好きでこんな生活を送ってるわけじゃねえんだよ」

「オレらどうしたらいいんだよ、カイジさん」

どうもこいつらは黒崎とは繋がっていないと見て良さそうだ。

そう思った途端、彼らが戦力に見えてきた。特にドローンはカイジの策にぴったりとハマりそうだ。実際に使うかどうかはともかく、不測の事態に備えておいて悪いことはない。

「なあ、真山だっけか。そのドローンはそれ一機だけか？」

「譲らないからな。こないだのは壊れちゃったし、もうラスト一台なんだよ！」

真山は必死に首を横に振る。その様子がおかしくて、カイジはつい笑ってしまった。

「違う。増やせって言ってるんだ。そうだな……あと一週間で四機ぐらい欲しい。それと改造してもっと重いものを運べるようにしてくれ。ここの設備と腕のいいエンジニアがいればいけるだろ？」

カイジの申し出を聞いた菅原は涙を拭いた。

「そりゃ無理じゃないけど、部品を買う金もここを動かす金もないんだ」

「それぐらいなら端金《はしたがね》だ。いくらでも融通できるさ」

「つまり……工場が再開できるんですか？」

「バカ、調子に乗るな。せいぜい臨時稼働だ」

カイジはさっきまで凶器を向けていた相手に敬語を使う菅原を叱責する。

「確かにオレは金を持ってないが、これから大金を得る予定だ。そのためにちょうど人手が欲しかったところだ。そんなに金が欲しいなら、オレたちに協力しろ」

四人の若者は一も二もなく、カイジの言葉に肯いた。

あとはあの人さえ味方につけることができれば……この勝負、勝てるかもしれない。

「それと、もう一つ頼みがある。この中の誰かに、帝愛ランドで働いている杉山さんって人と接触してほしいんだ。オレが直接接触したら怪しまれるからな」

カイジの中で一つの策がはっきりと像を結びつつあった。

それから数日が経《た》った。

明日の決戦の準備をほとんど終え、カイジは洗面所で自分の顔をじっと眺めていた。

やれることはもうやった。ベストを尽くした今、あとはどっちに風が吹くか……。

そこに風呂上がりの加奈子が現れて、カイジの肩をポンと叩く。

「カイジ、今から緊張してどーすんのよ。大丈夫よ、ラッキーガールのこの私がついてるんだから」

「何がラッキーガールだ」

「明日の本番、頑張るよ！　スタート、キュー！」

加奈子は例によって人差し指と親指をピンと立てる。カイジは別に先端恐怖症というわけではないが、なんだかゾワゾワした。

「だからやめろって。っていうかそもそも何なんだよ、それ？」

カイジがそう訊ねると、加奈子の表情は少し暗くなった。

「実は私、これでも女優の卵だったんだ。小さいけど事務所に所属して、オーディションを受けまくってた。去年、あるドラマのオーディションに合格した時は本当に嬉しかったんだ」

「へえ……」

まあ、そう言われてみると加奈子はそこそこ可愛《かわい》い方だと思う。実際に大成したかどうかはわからないが、原石としては申し分なかったのではなかろうか。

「で、どうして過去形なんだよ？」

「撮影現場に黒崎がやってきて、いきなり私に向かって『オレと寝ろ』って……」

カイジは顔を顰めてしまった。芸能界ではよくある話とはいえ、その登場人物が加奈子と黒崎というのはなかなかに胸糞が悪い。

「勿論、断った。あんなオヤジ、全然好きじゃないし、私は実力であの世界に残りたかった。でもドラマのスポンサーは帝愛だったから……」

「ああ……降板させられたのか」

加奈子は悲しそうに肯く。

「それだけじゃない。『よくもオレを振りやがったな』って、見せしめとして事務所も潰されちゃった。だから私を雇ってくれる事務所なんてどこにもないの」

干されるなんて生易しいもんじゃない。振られた腹いせにしては度が過ぎている。だがあの黒崎に限ってはそういうことをやっても何もおかしくはない。

「私はもう憧れた晴れ舞台には立てない……けど、明日はまた別の晴れ舞台なの。それで黒崎を破滅させたら、気持ちいいだろうなって……」

世間は復讐《ふくしゅう》なんて不毛だと言うかもしれないが、黒崎に関しては復讐されて当然のクズだと思っている。

「……ああ。一緒に黒崎を破滅させような」

「うん。話を聞いてくれてありがと、カイジ」

加奈子と別れたカイジは、その足で東郷の寝室に向かう。「少し二人で話せないか？」と訊ねると東郷は快くカイジを迎え入れてくれた。

「それでカイジくん、何の用かな？」

「上手く言えないんだが……どうにも嫌な予感がするんだ」

「ほう？」

「だから一つ保険を用意したい。万が一、こちらが黒崎に一方的に追い込まれることがあったら、オレがギャンブルで金を何倍にもして来てやる。だからオレに軍資金を預けてくれないか？　いいだろ？　そもそもジイさんが俺を仲間に引き入れた一番の理由はそれなはずだ！」

「流石はカイジくんだ」

東郷は笑った。

「実は私もそう思っていたところなんだ。明日は勝負用の資産とは別に十億円分の金塊を用意する。何か不測の事態が起きた場合、君にはその十億を増やしてほしい」

「十億のギャンブルなんて、初めてだ。今からもう痺れるな」

カイジはそう嘯《うそぶ》いた。

これで不測の事態への対策は整った。だが本当はそんなもの起きない方がいいに決まっているのだ。

不測の事態を引き起こすのは黒崎か、それとも……。

第二章

天命の儀

帝愛ランドの最後の審判の会場内、スクリーンには『不動産王vs.派遣王』の文字が映し出されている。そして会場の正面奥には巨大な秤が置かれており、その向こうでは振り子式の大時計が時を刻んでいる。

「みなさま、大変長らくお待たせ致しました。これより『不動産王vs.派遣王』の戦いが始まります」

カイジは加奈子や廣瀬と一緒に東郷の後ろのサポート席に座っていた。黒崎陣営の様子を窺うと、例によって黒崎の後ろには帝愛名物の黒服が控えている。

サポーターは三人というルールで助かった。動員できる人員の数では黒崎の方が圧倒的に有利だからな。

だが黒崎もカイジが自分を見ていることに気がついたようだ。

「おや、これはこれはカイジくん、今日は派遣のバイトはお休みしちゃっていいんですかあ？」

「自分で出禁にしといてよく言うぜ」

「言っとくが、オレは一条や利根川のようなわけにはいかんぞ」

ふざけた口調が一転、ドスを利かせて凄《すご》んできた。こちらが本性というわけだ。

「だといいけどな」

黒崎は尚も挑発的な表情でカイジを見ていたが、カイジから視線を切った。

本命はこの後だ。舌戦で勝ったって仕方がない。

「それでは、戦いの前に『最後の審判』のルール説明を行います」

アナウンスと共にスクリーンが切り替わり、以下のルールが映し出される。

1、対決時間は13時00分から17時00分の4時間勝負。
2、時間内に投下された金貨は全て有効。
3、ルーレットにより3つのFの順番を選択する。
4、15時、16時、17時の3回。どちらの秤が重いかを開示。

5、地面に落ちた金塊、金貨は帝愛側が没収。
「なお、金塊交換機はあちらになっております」

そう言って司会は入り口付近にある金塊交換機を指差す。

事前に聞いていた話だとあれで現金と金塊を交換するらしい。現金の他にも、金目のものはその場で査定して金塊や金貨に換えられるよう最新鋭の鑑定システムが取り付けられているという話だった。

「最後に一つ注意事項を申し上げます。一時間ごとに台座が上がっていき、四時間で台座の高さは二メートルを超えますのでこちらもご注意下さい」

これがどういうことかというと……一時間で五十センチ上がるから『Fan』の時間になると、もう金塊のように重いものは投げ込めないということだ。奇特な観客が大量の金塊を持ち込んで一発逆転を目論《もくろ》んでも、そもそも秤に載せられない。

「……カイジ、こっそり探したけどハシゴや脚立なんてどこにもなかったよ」

「だろうな」

ハシゴや脚立のようなものを使って金塊を放り込むやり方は運営も推奨していない

ということだ。だが裏を返せば黒崎もその手が使えない……それがカイジにとっては救いだった。

「ルール説明は以上です。それでは両者準備をお願いします」

東郷と黒崎はそれぞれが持参した株券や土地の権利書、現金、美術品を帝愛側に手渡す。その膨大な量にどよめきが起こる。

「おおお！」

黒崎は指輪や腕時計まで外して帝愛スタッフに渡す。スタッフたちはその膨大な数に手間取っていた。

「それでは両者、ルールに異議がなければこちらの誓約書にサインをお願いします」

東郷と黒崎は共にサインした誓約書を帝愛スタッフに返した。そうこうしている間に資産の鑑定が済み、全てが金塊になって出てきた。その金塊をスタッフたちが両陣営の秤に忙しそうに積み込んでいく。

「カイジ……開始予定時間から遅れてない？」

確かに予定からもう五分以上遅れている。

「まあ、あれだけの金塊の量だ。予定通りにはいかないだろ」

だが、どうにか全ての金塊が積み込まれた。見た限り、東郷の秤が大きく沈んでいる。

「それではスタート前の計量を行います。はたして秤にはいくら積まれているのでしょうか!?」

黒崎が四百億なのに対してこちらは五百億、ほぼ予想通りの数字だ。事前の計算では最初のリードを『Fan』まで守り切れれば勝てるという話だったが、百億も差がついていると案外すんなり行けてしまうような気さえしてくる。

司会が少し申し訳なさそうな口調でこんな説明をする。

「準備に手間取り、定刻を過ぎてしまったため、開始時間を遅らせまして、十三時十分より十七時十分までを最後の審判の時間とさせて頂きます」

そして大時計の針が十三時十分を指した瞬間、開始のブザーの音が鳴り響いた。

「それでは始めます。両者、演説からお願い致します。派遣王、黒崎さん」

黒崎はこの間見せた守銭奴の面を奥に引っ込め、神妙な表情で観客たちに語りかける。

「私は昔、金融関係の仕事に従事していました。お金がなく事業に行き詰まった人たち、生活に困窮した人たちをこの目で見て、幾度となく救いの手を差し出してきました」

何が救いの手だよ……だったら杉山さんを助けてやれっての。

「しかし！　それでは根本の解決にはならないと気づいたのです！　お金に困った人にお金を貸しても救うことなどできない。ならば！　お金でなく職を提供する。それが根本の解決になるのではないのか。そう考え、私は帝愛グループの兵藤会長に直訴し、派遣会社『よしよし興業』を設立しました」

黒崎は力強く拳を握ると、派手な見得を切るように東郷を睨みつけた。

「私はこの男の会社に何百人もの派遣社員たちを送りこんだ！　しかし業績悪化を理由に全て契約を打ち切り、その影響で生活苦に陥って自ら命を絶った派遣社員たちが何人もいる！」

「何を言ってる。そんな事実はない！」

東郷が声を荒らげる。その反応を見るに、事実無根の言いがかりだろう。

「私は今日、仲間たちの無念を晴らしに、ここにやって来ました！」

黒崎の演説に観客が沸いた。摑みは上々といったところか。

「よくもペラペラと嘘《うそ》ばっか言いやがって……」

「続きまして、不動産王、東郷さん。どうぞ」

東郷は車椅子を降り、どうにか自分の足で立つと、観客に向けてこう語りかけた。

「……私は今まで、数々の人たちを蹴落としてきた。従業員に恨まれたこともあった。決して褒められた生き方をして来なかったことは確かだ。しかし、今沈もうとしているこの国を放ってはおけない」

東郷は静かに黒崎を睨む。

「この男はインフレで危機的状況となった混乱に紛れ、不当な賃金で派遣社員たちを働かせている！　我が社で働いてもらっていた派遣社員たちはそのせいで命を絶ったのだ！　私の方こそ、その無念を晴らす！」

黒崎の演説の時と同様に、観客から拍手が起きる。

『Fan』の掴みは五分と五分ってとこだな。だが状況次第でいくらでも転ぶ……楽観はできない。

「では、ルーレットの選択に移ります。しかし派遣王がこのゲームを運営している帝愛の人間ということを鑑みて、せめて先攻権は不動産王に渡すことが適切だろうと我々は判断しました。いかがでしょうか、不動産王？」

「では先攻をいただこう」

帝愛にしては気の利いた譲歩だ。中立の立場を取るというのもあながち嘘ではないかもしれない。

いや、それとも何か見落としていることがあるのだろうか……。

「好きなタイミングでストップと言って下さい」

3つのステージが書かれたルーレットが回り始める。それを注視しながら、東郷はゆっくり「ストップ」と告げる。そうして止まったのは『Friend』だった。

「最初の扉は『Friend』です……身銭を切って支援してくれる友人たちが駆けつけて来る！　では『Friend』オープン！」

司会の宣言に合わせて扉が開く。すると中から老若男女、様々な者たちが出てきた。だが彼らの多くは黒崎に向かってまっすぐ歩いて行く。

「ありがとう！　来てくれたか！　我が友人たちよ！　さあ、金塊をこの秤の上に載せてくれ！」

「なんか……年齢層がバラバラじゃない？」

黒崎はわざとらしく、やって来た彼ら一人一人と熱い抱擁を交わしていった。

「道則《みちのり》！　元気だったか！　おおー、俊一郎《しゅんいちろう》！　おまえも来てくれたのか！　わざわざすまんな！　持つべきものはやはり友だ！」

だが黒崎の友人という割にみなどこか余所余所《よそよそ》しく、金塊を置いたらそそくさと立ち去っていく。

「……あれマジで友達なの？」

「なわけねえだろ。多分、自分とこの派遣の連中に借金させて金を持って来させたんだろ。リストラか金か……だ」

一方、東郷の友人は少額の金塊を置いて行くのみだ。だが観客たちはひっきりなしにやって来る友人たちによってどんどん金塊が積まれていく黒崎陣営を見て、ひどく感心しているようだった。

「早速、『Fan』の心を摑まれちまってる……」

黒崎のやっていることは下らない演出だ。だが虚仮《こけ》おどしだろうが、この勝負ではこういうことが馬鹿にならないのだ。

だがそういう意味で頼りになる人間ならこちらも『Friend』に呼んである。そろそろ来る頃合いだが……。

「東郷！　もう大丈夫だ！　オレ様が来てやったぞ！」

扉の向こうから勢いよく現れたのは白ヒゲの老紳士だった。その老紳士を見て、東郷は顔を綻ばせる。

「町村《まちむら》！」

よし、狙い通り一人でかいのが来た……。

「誰だっけ、あの人？」

加奈子の疑問に廣瀬が答える。

「会長の高校時代の同級生です。堂本社長ほどではありませんが、大口の支援を期待できます」

ここだ。ここで巻き返す。

カイジは観客に向かってプレゼンする。

「みなさん！　今来た町村さんは美術品や骨董《こっとう》品を集めている有名なコレクターだ！今回はこの戦いのために希少価値の高い象牙と珊瑚《さんご》を提供してくれた！」

黒崎が数なら、こっちは質をアピールするまでだ。

町村はスタッフに象牙と珊瑚を手渡し、鑑定が終わる瞬間を今か今かと待っている。あの町村の態度からして一億二億は堅そうだ。

「さあ、いくらだ？　一億は行ったか⁉」

だが鑑定を終えたスタッフは申し訳なさそうに町村にこう告げる。

「……残念ですが、この象牙も珊瑚も登録されていませんね」

町村はあまりのことに目を白黒させている。

「は？　何言ってんだ⁉　そんなわけねえだろ！」

「言いがかりはやめなよ、カイジくん」

黒崎がねっとりとした口調でカイジに絡む。

「もしかしてこれは違法に取引されたものじゃないのか？　違法に取引されたものだとすれば交換することはできないぞ」

「何が違法だ！　そいつは町村さんが退職金を叩《はた》いて購入したものだ！　異議あり！　そのシステムはインチキだ！　今すぐ専門家を呼べ！　早く呼べって！」

「お下がり下さい！」

暴れるカイジを帝愛スタッフたちが押さえる。そんなカイジを見て、黒崎はせせら笑う。

「何を言ってる。もう戦いは始まってる。ルールに異議なしと誓約書にサインだってしただろ！」

やりやがったな……。

こうなると事前に象牙や珊瑚でのテストをしておくべきだったと思うが後の祭りだ。いや、ここまで向こうに都合のいいシステムだなんて予想できっこない。

「カイジさん、まだあの堂本社長が来ていません。あの人さえ来れば……」

廣瀬はそう慰めるものの、『Friend』の時間は残り僅かだ。

「まだかよ!? どうなってんだよ!? 遅すぎんだろ！」

荒れるカイジを見た廣瀬は電話をかけるが、どうも繋がらなかったようだ。

「ダメです……」

「本当に来るのかよ!?」

そうしている間にも黒崎側に積み上げられる金塊は増えていく。その様子を黒崎はニンマリしながら眺めつつ、東郷をこう煽《あお》る。

「見限られたんじゃないのか？ 東郷、おまえには所詮それだけの人望しかないんだ」

「うるせえ！　おまえは黙ってろ！」

カイジが叫ぶと同時に扉から堂本が現れた。

「ほら、堂本さんが来た。これで大差をつけてやる」

東郷も待ちわびたという様子で堂本に声をかける。

「堂本……待ってたぞ」

だが何故か堂本は東郷と目を合わせようとしなかった。

「どうした堂本さん？　あんた助けに来てくれたんだろ？」

だがカイジの問いかけにも答えず、堂本はそのまま黒崎側に大量の金塊を渡した。

「はーい、我が友人の堂本テクニクス社長から五十億いただきました！」

黒崎の言葉に会場内は大きくどよめいた。

そのまま去ろうとする堂本にカイジは詰め寄った。

「何でだよ……!?　何でジイさんを裏切った!?」

堂本は少し迷った挙げ句、カイジにしか聞こえない小さな声でこう答えた。

「昨日、黒崎社長が私が潜伏していたホテルにやってきて……粉飾決算の証拠を握ったと言うんだ。後は……察してほしい」

東郷を助けたら黒崎によって破滅させられる……だから黒崎の味方をしたということか。

「東郷。俺を許してくれ……」

堂本は悲しそうにそう言い残して、立ち去った。

またしてもやりやがった……象牙や珊瑚のインチキなんか話にならないレベルのペテンだ。

堂本が裏切るのは最初から黒崎の計画通りだったのだろうが、タイミングが最悪だ。時間ギリギリまで待たせ、安堵したところをまた足を掬《すく》う……カイジはともかく、東郷は相当参っている様子だ。

「黒崎！　おまえどこまで汚《きた》ねえ真似を……！」

「今更何を言っている。こういうゲームだろ!?　責めるなら自分の脇の甘さを責めるんだな」

黒崎はカイジたちを指差して笑い出した。

おまけにこちらに来る筈《はず》だった五十億が消え、そっくりそのまま黒崎の秤に行った……こちらからしたらあっさり百億のアドバンテージを埋められたようなものだ。

「ああ、なんて胸の苦しくなるようなゲームでしょうか」

そして黒崎が芝居気たっぷりに観客にアピールすると同時に終了のブザーが鳴る。

「『Friend』終了の時間です。次のステージに移行します」

十四時十分。ルーレットが示した次なるFは『Fixer』だった。

『Fixer』……両者の返済能力を信じる、銀行や企業の支援者たちがやって来るステージ。だが、あまりに流れが悪い。

今思うと最初の引きが悪かった。せめて先に『Fixer』だったら、銀行だって普通に融資してくれていた。だが『Friend』で圧倒的な勢いの差を見せつけられた今となっては、もう東郷たちに融資しようとする銀行は出てこなかった。

一方で黒崎には順調に融資が集まっている。帝愛グループのナンバー2に恩を売っておきたい各銀行が億単位の現金を持って馳《は》せ参じたというわけだ。

『Friend』だけじゃなく、『Fixer』まで……。

失意のまま、『Fixer』終了のブザーが鳴る。カイジの見立てではざっと五十億近くの金が黒崎の秤に入った気がする。

「十五時十分となりました。ここで両者の秤を開示します。両者、お乗り下さい」

東郷と黒崎が秤の上に乗る。計量時に人間が秤に乗る意味は薄いのだが、そうした方が盛り上がるからやっているのだろう。ちなみに秤に人間が乗る際は、両者の体重差に等しい重りが軽い方に載せられる仕組みになっている。

「計量の結果が出ました」

計量の結果は……僅かに東郷側が重い！

観客たちはどよめいている。

「これまずくない？　こっちの方が最初は圧倒的に資産多かったのに、もう追いつかれてる……」

『Friend』と『Fixer』で百億近くの差を埋められてしまった。ここからはもう抜きつ抜かれつの接戦になる……。

そして勝負は次のステージへ移行した。

「さあ、みなさん！　残された扉はあと一つ、『Family』だけです。この扉では家族の絆《きずな》が試されます！」

「よりによってこっちが一番不利な扉だよ！」

加奈子の悲鳴にカイジはつい笑ってしまう。

「……そうでもねえさ」

「え？」

「黒崎のやつ、独身らしいぜ。おまけに庶民派っていうから、太い実家があるわけでもない。これは案外、差が開くかもな」

大槻から聞かされた時はどうでもいいと思ったが、今となっては使える情報だ。ここで東郷の弟が五十億をドンと寄越せばまた突き放せるではないか。

「それでは、最後の扉をオープンします。『Family』、オープン！」

黒崎側の扉が開くと、そこからは派手な年配の女が現れた。

「はーい、黒ちゃん」

「待っていたぞ。マイワイフ！」

「ワイフ!?」

カイジは思わず叫んでしまった。

「おまえ、独身じゃなかったのかよ！」

「三日前に結婚したんだ！　品川の資産家の娘さんの、レイカさんだ！」

「三日前って……。この日のためだけに結婚したことがバレバレじゃねえかよ！」

黒崎は気分を害したような表情でカイジに反論する。

「何を言ってるんだ。私たちは運命的な出会いを果たしたんだよ」

「ごめんねぇ、黒ちゃん。パパからたった百十億円しか出してもらえなかったの」

そう言ってレイカは小切手を出した。その額面に観客たちもどよめいている。

「〝たった〟の使い方間違ってるでしょ」

「……まずいぞ。これ以上引き離されると逆転できねぇ」

こうなると弟の義信が頼みの綱だが……。

カイジの願いに呼応したかのようなタイミングで義信が出て来た。

「兄さん。持って来たよ！」

義信は勢いよく権利書を金塊交換機の上に置く。

「これは港区にある土地の権利書だ。資産額は推定五十億！」

だが義信の言葉に興奮する観客はいなかった。

「全然効かないよ。たった五十億じゃ誰も驚かなくなってるんだ」

加奈子が焦る。だがカイジの考えは違う。

「それでも五十億がプラスされるなら、『Fan』で逆転の目が残る」

「査定が終わりました。どうぞ」

アナウンスが終わり、義信には数枚の金貨が手渡される。義信はそれをただ呆然と見つめていた。

「私の土地が……たったこれだけ？」

「待てよ!? 五十億じゃねえのか!?」

どう考えても黒崎の仕業に決まってる。

カイジが黒崎の様子を窺うと、黒崎は部下の一人に何事か耳打ちされている最中だった。

「ああ、そうかそうか。なるほど！ そういうことか！」

黒崎はわざとらしく大きな相槌を打つと、カイジに向かって語りかける。

「ついてないな、カイジくん。売却価格が五十億だったのはついさっきまでの話だそうだ」

「はあ？ どういうことだよ!?」

「暴落しちゃったんだって……それも大暴落！」

「暴落!?」

「さすがのオレも同情するぞ。つい今しがた、政府がその土地周辺に〝ゴミ処理場〟を建設すると発表したらしいんだ。こうなると一等地も二束三文でしか売れないね」

「おまえ……まさか政府も抱き込んでたのか!?」

そう口にしてカイジは高倉のことを思い出す。聞いた話では高倉は帝愛ランドのＶＩＰルームで接待ジャンケンをしているそうじゃないか……だったら黒崎と懇意に違いない。

黒崎が高倉と繫がっているならそれぐらいは平気でやるだろう。その可能性を疑えなかったオレが馬鹿だった。

「人聞きの悪いことを言うなよ。たまたまだよ。たまたま」

時刻は十六時。このままだと大きな収穫もなく『Family』が終わってしまう。

カイジは考え込む。

おかしい。弟さんが持つ土地の情報が何で敵側にバレた？　それに親友の堂本社長が戦いの日まで隠れていた場所だって何で漏れたんだよ？　もしや……。

「内通者か……」

内通者が一人だけと仮定すると、まず菅原たちは違う。今にして思えば菅原たちの襲撃は内通者による通報だったからだ。

「えっ？」

隣でカイジのつぶやきを聞いていた加奈子がギョッとする。その様子に一瞬、加奈子が内通者である可能性を思い浮かべるが即座に打ち消す。

漏れていた情報はもう一つある。オレがひだまりコロニーに行ったことだ。だが、オレは加奈子には行き先を伝えなかった。だとすれば……内通者の正体はもう明らかだ。

その時『Family』の扉から、廣瀬が姿を現した。手には大きな紙袋を提げている。

「何してんの……？」

加奈子は信じられないという表情で廣瀬を見つめているが、カイジは一人納得していた。

これでようやく繋がった。あの日、高倉がカイジの前に現れたのは偶然ではなく、カイジがひだまりコロニーを訪れることを知っていたからだ。おまけに大人数の警察官まで動員するとなると、前日から手配をしていたとしか思えない。

そして……高倉にカイジの動向を知らせることができたのは廣瀬だけだ。

「おまえだったのか。オレたちの情報を黒崎側に流していたのは」

「……はい、そうです」


廣瀬の素っ気ない答えはカイジの胸を深々と刺した。信じていた相手に裏切られる……こればっかりは何度味わっても慣れない。いや、慣れたくはない。

「あわよくばひだまりコロニーで逮捕されたらと思っていたのですが……つくづく悪運の強い人ですね」

「はぁ？　え？　何？　どういうこと？」

「オレに絵画を探すよう外に出させて、『バベルの塔』の連中に襲わせたのもおまえの仕業だな？」

「それも失敗に終わりましたけどね。まさか仲間にするとは思ってませんでした」

廣瀬は哀れみの視線を観客席の菅原たちに向ける。

「どうしてだ？　廣瀬……？」

廣瀬の裏切りに一番困惑しているのは東郷だった。無理もない。身よりのほとんどいない東郷は廣瀬に心身共に頼りきっていたのだから。

ジイさん、つらいよな……。

「おい、早く持って来たものを見せてやれ！」

黒崎が叫ぶと、廣瀬は袋の中から一幅の絵画を取り出した。そこには女性が幼き子供を抱いている姿が描かれている。

まさか……あれが廣瀬の言っていた幻の名画か⁉

「僕は、母を捨てたあんたを絶対に許さない……」

「廣瀬……君は……まさか宏美の……」

「ああ、そうだ。僕はあんたが捨てた愛人の息子だ」

それでようやく得心が行った。本来、廣瀬が東郷の隠し子の話や幻の名画の存在をカイジに教えるメリットはまったくないが、それらの話に血の通ったものを感じたのも事実だ。これがもっと適当な作り話であったら、ひだまりコロニーに足を運ぼうとも思わなかった可能性がある。

廣瀬は絵画を東郷や観客に見えるように高く掲げる。

「これは母の顔もわからない僕にとって……母を感じることができるたった一つの形

見だった……これを金塊に換えて黒崎にＢＥＴする！　あんたを破滅させるために!!」

廣瀬はそう叫ぶと、絵画を金塊交換機に置く。あまりの急展開に観客たちもどよめいている。

「実に見事な復讐劇だ。東郷！　オレはおまえを調べていく中で、おまえが捨てた愛人に息子がいることを知った！　しかもその息子はおまえに復讐するために秘書として近づいていた！　こいつは使えると思ったぞ！　おまえのことを心底憎んでいたんだ！　だからオレはこいつを味方につけたとき、このゲームに出ることを決めたんだ」

黒崎は饒舌《じょうぜつ》になる。完全に勝ちを確信しているのだろう。

「哀れだなぁ、東郷。まさか、愛人の息子、いや、自分の息子に足を掬われるとは」

黒崎はひたすらに東郷を煽る。

「おいおい、オレを恨むなよ？　それはお門違いって奴だぞ？　これは全ておまえの人望のなさと、過去の行いの悪さが生んだ結果に過ぎん！　まさに自業自得！」

自分の悪行を棚に上げてよくもまあ……。

「さあ、どうだ？　幻の名画の正体は。ゴッホか？　ダ・ヴィンチか？　百億はくだらんぞ！」

金塊交換機が絵画の鑑定を終えた。鑑定結果を見て、帝愛スタッフたちがざわめいている。

「カイジ、ここで百億も積まれたら『Fan』を待たずにジ・エンドだよ！」

焦る加奈子を見て、カイジはむしろ落ち着いた。

黒崎も決して全てを知っているわけじゃない。そこにつけいる隙はある……。

「出たか！　とてつもない値段が!!!」

テンション高く訊ねる黒崎に対して、スタッフの黒服たちは曖昧な表情を浮かべる。

「いえ……それが全く価値がないようなのですが」

「価値がないだと!?」

ほら、黒崎のやつ。何もわかってなかった。

カイジは笑いを噛み殺しながら、黒崎に教えてやる。

「当然だ、黒崎……あれはジイさんが描いた絵だ」

「何だと!?」

「ジイさん、みんなに……いや、廣瀬に話してやれ」

昨夜、カイジは例の絵画のことを東郷自身の口から聞かされていた。これを聞いて廣瀬が翻心するかどうかはわからないが、少なくとも真実を知る権利はある。

「その絵は宏美が君を身ごもった時に、私がプレゼントしたものだ」

東郷の告白に、廣瀬は言葉を失っていた。

「どうして……母を捨てたあんたが？」

「私の妻はカネを浪費し方々に男を作っていた。私は私で事業を拡大し続け、金だけが全ての生活を送っていた。そんな時、君の母、宏美と出会い、金では買えないものに気づかされた……ほどなくして、子供を授かったことがわかり、私は妻と別れ、君たちと暮らしていこうと決意したんだ」

廣瀬の瞳は揺れていた。

「宏美に送った絵は……私が思い描く理想の未来を描いたものだ。しかし君を産んだと同時に宏美は亡くなった。あまり身体が強い方じゃなかったからね……せめて生まれて来た息子を引き取ろうとしたが、死産だったと聞かされたんだ……実際は妻が裏で手を回していたのだが。そして親戚たちを巻き込み、遺産相続で揉めぬようにと君を施設へと追いやった。そのことを知り私は妻と別れた。それからずっと……探していたんだ。君のことを……」

「嘘だ……そんなの絶対に嘘だ！」

自分の憎しみが、ただの悲しいすれ違いから生まれたものだった……簡単には受け入れられるものではないだろう。

尚もうろたえる廣瀬にスタッフの一人が縁の欠けた汚れた金貨を放る。

「今の説明の通り、この絵には一円の価値もありません。これは額縁の値段です」

突如、黒崎が憤怒《ふんぬ》の色を浮かべる。

「何が幻の名画だ！　クソの役にも立たないもんを持ってきやがって。この役立たずが！」

黒崎は廣瀬の胸ぐらを掴むと、そのまま突き飛ばした。

「おまえはもう用済みだ。とっとと失せやがれ」

廣瀬はどうにかバランスを保っていたが、今にも倒れそうだった。

裏切りにだって種類がある。カイジが廣瀬に裏切られたのは事実だが、廣瀬の生い立ちを考えれば理解はできる。それに……すれ違いで起きた裏切りなら修復してやりたい。

「まもなく終了時間となります」

そのアナウンスを聞いても、廣瀬は棒立ちのまま足元に転がった金貨を眺めていた。

「なあ、廣瀬」

カイジは廣瀬に語りかける。

「今の話が本当か嘘か、秘書として三年もジイさんの近くにいたおまえが一番よくわかっているはずだ。その間、どんな形であれジイさんに復讐しようと思えば出来た。それでもおまえは何もしてこなかった。ジイさんのそばにいるうちに、わからなくなったんじゃないのか？　本当に母親と自分は捨てられたのかって」

「違う！」

「だからおまえは三年もの間きっかけが摑めずただ秘書を続けていたんだ。黒崎から声をかけられるまでは……」

「違う……」

廣瀬の否定は弱々しかった。

「おい！　いつまで突っ立ってんだ。そんな欠けた金貨、とっとと投げて早く引っ込め！　おまえはもう用済みだ！」

黒崎の罵倒に廣瀬は顔を顰める。

廣瀬は足元に落ちていた縁の欠けた金貨を拾い上げた。そんな廣瀬の肩にカイジはそっと手を置く。

「どっちに投げるかはおまえの自由だ」

廣瀬は金貨を強く握りしめる。そして東郷に向かって、胸の内を吐露する。

「……ずっとあんたを憎んできた。どんな理由があれ、母に寂しい思いをさせたことに変わりはない。だけど……きっと母ならこうしてた」

そして廣瀬は欠けた金貨を思いっきり東郷の秤に投げた。だが、その強い思いがこもった金貨は秤に入ることとなく、秤の背後の大時計の文字盤に当たった。

「クズは何をさせてもクズだな。ハハッ、ハハハハ」

そんな黒崎の嗤笑《ししょう》に終了のブザーが重なる。

「十六時十分となりました。秤の重さを開示します」

意気揚々と秤に乗る黒崎とヨロヨロと秤に乗る東郷を見るだけでも最早結果は明らかだった。天秤は大きく、黒崎の方に傾いていた。

「やったぞ。これで逆転だ！」

黒崎が大袈裟に飛び跳ねる。観客たちへのアピールもあるのだろうが、とにかく見ていて不愉快な喜び方だ。

「どうした？　そんな暗い顔して。最初の威勢はどこ行ったんだ？　おーい？」

秤に乗ってる黒崎の挑発に耳を貸さず、カイジは必死で計算する。

こちらの資産は五百一億。対して黒崎の資産はざっと見て六百十億を超えてる。その差は百億以上……。

「どうすんの？　こんな差つけられて逆転なんてもうできっこない！」

加奈子の言う通りだ。だが、それでもこれぐらいの逆境は織り込み済みだ。黒崎がまともなギャンブルを挑んでくるわけないことはハナからわかっていた。

黒崎と東郷が秤から降りると、アナウンスが流れる。

「さあ、みなさん大変お待たせ致しました。いよいよ、みなさんが主役の時間がやって来ました！　そう！　最終ステージ『Fan』の時間です！

これはいわば浮動票です。みなさんがお手持ちの金貨には、ナンバリングがされており、誰がどちらに投げ入れたかわかる仕組みになっています！　勝利した側に賭けた場合、その返金率は他の支援者の二倍！　勝つと思う方に投げ入れて下さい！」

金貨は一枚三十万円。金のない人間にとっては大金だ。投げ入れても入らず落ちれば帝愛側に没収されるとなると、流石に躊躇《ちゅうちょ》するだろう。一見黒崎優勢だが、外した場合のことを考えると簡単には投げ入れまい。

そうなると、いかに『Fan』の金貨を自陣営に呼び込むかだが……。

カイジが次の一手を図りかねていると、黒崎が突然観客に向けてこんなことを言い始めた。

「私の秤をご覧下さい！　推定六百億相当の金塊が積まれています。一方！　あちら側の秤はどうでしょうか？　推定五百億円の金塊しか積まれておりません！　みなさん、私の勝利は目前です！　私を信じて思う存分投げ入れて下さい！」

しかし誰も動かない。

当たり前だ。目前の勝利なんていくらでも逃げる。「ほぼ勝ちそう」ぐらいの根拠で、切れば血の出るような金貨を投げ込めるはずがない。

だが続く黒崎の言葉にカイジは驚愕《きょうがく》させられる。

「万が一！　私の方に投げ入れた金貨が落ちてしまった時は、その金貨分、後ほど私が返金致します！」

返金保証だと？

黒崎の破格の提案に観客たちの目の色が変わり、そして我先にと一斉に金貨を投げ入れ始めた。

「そうです！　そのままどんどん投げ入れて下さい！」

チャリンチャリンという景気のいい音が黒崎の秤からひっきりなしに聞こえてくる。対して東郷の秤に投げ入れる者はゼロだ。

「カイジ！　こっちももっとアピールしないと！」

「無駄だ。人の価値は金が決める。全員勝つと思うほうに賭ける。つまり、最終的に金を得ると思う方に人は流れるんだ……」

「そんなこと言ったってこのままじゃ……」

金がなくなるものに手を差し伸べるものなどいない。金のない人間に価値なんてないのだ。それがこの世のルールだ。

だけどオレは認めたくねえ！　それを受け入れるということはあの帝愛を肯定するのと同じじゃねえか。

カイジは加奈子に力強く訴える。

「いいか、最後の最後までオレは戦う。この圧倒的に負け込んだ状況をひっくり返すためにオレが……オレたちがいるんだ」

「頼む……カイジくん。君が最後の望みだ」

東郷はもう息をするのもしんどそうだった。敗北が迫った上に、探していた息子が秘書の廣瀬だったこと、さらに自分を裏切っていたことがわかり、それらのショックが身体に来ているのだろう。

「任せろ」

カイジは黒崎たちに見えないように隠しておいた三つのスポーツバッグを取り出す。

「おやおや、何をする気だ？」

黒崎に見えるようにスポーツバッグを開く。中に入っているのは金塊だ。

「この時のために取っておいた切り札の十億だ。オレはいざって時、ギャンブルで稼ぐためにジイさんからこいつを受け取っていた」

しかし黒崎に別段驚いた様子はなかった。

「ふん、たかが二十億、三十億で逆転できると思うなよ！」

「だから残り三十分、こいつを十倍にして帰って来てやる！」

この言葉は現時点ではただのハッタリに過ぎない。だが観客たちが黒崎側に投げている金貨の勢いは目に見えて鈍った。万が一の逆転があるかもしれないと思わせただけでも効果はあったようだ。

「待って！　私も行く！　一人じゃ運びきれないでしょ？」

加奈子の言う通りだ。これを運ぶには少なくとも三人は必要だろう。

オレと加奈子とあと一人……観客席の菅原たちを呼ぶか？　しかしあいつらには万全の態勢で待機していてもらいたいんだがな。

「僕も連れていって下さい！」

そう申し出たのは、今にも泣き出しそうな表情の廣瀬だった。

「おまえ……」

「今更信じてもらえるなんて思いませんが……本当は僕だって認めたくないんです。

金のない人間に価値がないだなんて……だから僕も一緒に戦います」

そんな廣瀬に対して、東郷は弱々しい微笑みと共に首肯する。

「湊……やっぱりおまえは私の息子だ。過ちに満ちた私の人生も最後の最後で肯定されたのかもしれないな」

廣瀬はどこか吹っ切れたような表情で微笑むと、スポーツバッグを手に取る。

「とにかく、首を洗って待ってろよ黒崎！」

啖呵を切って『最後の審判』の会場を後にする。だが、カイジはこちらを見送る黒崎の不気味な笑みに気がついた。

ギャンブルで金を増やすとは言ったが、どんなものでもいいわけではなかった。

カイジの得意なギャンブルとしてパチンコや麻雀《マージャン》などがあるが、どちらも三十分で決着がつくようなものではない。やはり短時間で十倍に増やすとなるとできれば勝負が早く、決着がシンプルなものがいい。そうなると丁半博打《ばくち》やブラックジャックなんかが理想的だ。チンチロリンやルーレットでもいい。

しかしカイジが目星をつけていたギャンブルはどれも終了していた。

「おい、何で閉まってんだよ⁉　まだ終わりの時間じゃねえだろ⁉」

「本日、VIPフロアは終了しました」

スタッフの黒服は申し訳なさの欠片《かけら》も見せず、慇懃無礼に対処する。

「カイジ！　ダメ。どこのフロアもギャンブルは終了してる！」

「カイジさん、向こうも駄目でした」

「遅かった。黒崎に先回りされたんだ……」

切り札の十億のことは情報の漏洩《ろうえい》を警戒して、仲間たちには話さなかった。だが十億を手配したのが廣瀬なら、カイジがそれを元手にギャンブルで増やそうとすることだって黒崎に筒抜けだったろう。

「すみません。僕が裏切ったばっかりに……」

「どうしよう……カイジ」

カイジはスポーツバッグを地面に置き、周囲をよく観察する。

考えろ。絶望的な状況だが、きっと何か逆転の手段があるはずだ。必死に探せば何か手がかりが……。

「終了⁉　ふざけんなよ！」

カイジの思考は女の怒鳴り声で妨げられた。

あまりの剣幕に耳を塞ぎたくなったが、どこかで聞いた憶えのある声だということに気がついた。カイジが声の主を確認すると、あの遠藤が帝愛スタッフに詰め寄っているところだった。

「遠藤!?」

「あら?」

カイジの存在に気がついた遠藤はスタッフを突き飛ばして、カイジの方にツカツカと歩み寄ってくる。その表情には明らかに険があった。

「カイジ、あんたのせいよ。せっかくの休みにギャンブルで憂さ晴らししようと思って来たのに」

「オレ!?」

「今やってるゲームはバンジーゲームだけ。他は全部終了。黒崎からお達しが入ったのよ」

「クッソ!　黒崎の野郎……」

先ほどの黒崎の笑みの理由がわかった。

「あの男が考えそうなことね。あんたにバンジーを張らせて、殺すつもりでしょ」

「あいつ、最初からこのつもりで……」

「やめときなよ。あんなゲーム勝ち目はない。事前に当たり番号でも知らない限りはね」

その口ぶりだと、遠藤は何か知っていそうだ。

「もしかしてあんた、ここの施設には詳しいのか？」

「ま、これでも一応元帝愛幹部だからね。他の連中よりかは詳しいと思うけど？」

「だったらまだ逆転の目がある。オレに協力しろ」

心情的にはかつて自分を裏切った遠藤に協力を請いたくなんてないのだが、状況的に他の選択肢がない。

「協力ねえ……それで私に何の得があるの？」

「それでオレの金を持ち逃げしたことはチャラにしてやる！」

「あれは正当な取り分なんだけど……まあいいわ。ほら、あんたら、どっか行った！」

遠藤は周囲にいたスタッフを追い払う。誰も聞き耳を立てていないことを確認して、カイジは遠藤にこう訊ねた。

「飛ぶ前に当たり番号を知る方法はあるのか？」

「それはわからないけど、そもそもそんなことをしたって意味はないわね」

「どういうことだよ？」

「あのバンジーはね。助かる番号をボタン一つで操作できるのよ」

「本当か？」

「あそこの担当の荻野《おぎの》と飲んだ時に聞かされたからね。『自殺志願者の中から誰を助けるのかを選ぶのが今のオレの仕事だ』って愚痴ってた。逆に言えば荻野はあんたがロープを選んだ後に変更できるの。絶対に勝てない後出しジャンケンみたいなものよ」

そんな遠藤の言葉を聞いた瞬間、カイジの頭の中で何かがスパークした。

後出しがあるなら、後出しを封じてしまえばいい。そうすれば……事前に決まっていた当たり番号を見抜きさえすれば勝てる！

「加奈子、廣瀬。おまえたちに頼みがある」

最早残された時間は少ない。カイジは早口で二人に説明を始める。

「まず加奈子。会場近くのゴミ箱でも漁《あさ》って、直近に行われたゲームのハズレ券を調べてくれ」

「どうして？」

加奈子は厭そうな顔をする。若い女にゴミ漁りをしろって言ってるのだから当然だ。だがカイジは構わず説明を続ける。

「番号は1から10、そして当たり券を捨てる馬鹿はいない以上、捨てられていない番号が当たり番号だよ」

「なるほど！　数字はたった十種類だからすぐにわかると思う。けど、変更されちゃったら意味ないんじゃない？」

「そこで廣瀬の出番だ。数字を変更する装置の電源を切るんだよ。そうしたら加奈子が教えてくれた当たり番号を選べばオレの勝ちになる」

「そんな大役……僕に任せてくれるんですか？」

「おまえが必死でやり遂げてくれるって信じてるよ。なあ遠藤、ドリームジャンプの装置の配電盤の場所はわかるか？」

「……機械室ね。事故防止のため、どの施設の配電盤か見たらわかるようになってるから、中に入れさえすれば停止は簡単よ」

呼び捨てが気にくわないのか、遠藤は不機嫌そうに答える。

「よし、遠藤。だったら後で機械室の位置を廣瀬に教えてやってくれ。オレはもう行かなくちゃならない。加奈子は当たり番号の確認、廣瀬は後出し防止だ。わかったな？」

二人は強く肯いた。これで上手くやれば百％勝てる。

「でもどうやって当たり番号を伝えたらいいの？」

「しまった。それを考えてなかった……」

そしてカイジも加奈子も自前の携帯電話を持っていない。

「僕の電話を持って行きますか？」

廣瀬の申し出にカイジは首を振る。

「いや、流石にバンジーのロープの前で通話してたら怪しまれる」

「じゃあ、私が下に回って、手で伝えるってのは？」

「手か……悪くない」

アナログだが、この状況ではかえって確実なやり方のように思えた。

「おい、これ借りるぞ！」

カイジはそう叫ぶと、スタッフの返事も聞かずに遊技場の隅に置かれている台車を拝借し、三つのスポーツバッグをそこに載せる。本来、大量の勝ち金を運ぶためのものだから、使い方に間違いはない。

「オレは先に行く。頼んだぞ、おまえら！」

カイジはドリームジャンプの会場に急いだ。


カイジがドリームジャンプの会場に辿り着くと、丁度スタッフたちが飛び散った脂肪や血液をブラシで清掃しているところだった。生臭い匂いに吐きそうになりながらも、カイジは叫ぶ。

「おい、出てこい荻野！　いるんだろ？　ここで勝負がしたい！　十億。これを全部BETする」

喉が破れそうなほど叫んだ甲斐《かい》があって、責任者らしき男が姿を現した。おそらく彼が荻野だろう。

「ウチに何の用だ。今日の参加者はもういないぞ？」

「だからこそ特別ルールだ。投票券を買っている客もいないから通常のドリームジャンプじゃないが、確率は十分の一。オレが勝ったらこいつを十倍にしろ!」

荻野は値踏みするようにカイジを眺めていたが、やがて口の端を歪めてこう告げた。

「……上がれ。望み通り受けてやる」

カイジがバンジー台まで上がると、十本のロープが怪しく揺れていた。ロープは一応洗浄されているようだが、それでも染みついた血の匂い——死の匂いまではどうしようもない。

おまけにこの高さときたら……ロープが命綱として機能しなければ確実に死ぬ。

カイジが何も言えずにいると、カイジを連れてきた荻野がしびれを切らしたように説明を始めた。

「この中から一本を選びジャンプをしてもらう。ロープはおまえの後ろにある巨大なブラックボックスの中から伸びている。その内のランダムに選ばれた一本だけが、ドラムにロックされて当たりロープとなるシステムだ」

何がランダムだ。おまえらのタネはわかってるんだぞ。

「好きなロープを選べ。おまえが選んだらドリームジャンプの開始だ」

そう言うと操作室に荻野は引っ込んでしまった。

さあ、加奈子。廣瀬……頼んだぜ。


『高倉さん、無事に終わりました』

「そうか。御苦労」

高倉はスマートフォンをしまうと、ＶＩＰルームを出て最後の審判の会場に向かう。

これで懸念事項は片付いたが、黒崎の今後をこの目で確認しておきたい。勝てば帝愛グループの次期会長、負ければ一文無し……どちらに転ぶにせよ、見物だ。

高倉が入場すると、黒崎は目聡《めざと》くこちらを見つけた。

「おお、高倉さん。『Friend』の時間は終わってしまいましたが、『Fan』での参加はどうですか？」

「遠慮しておきますよ」

すげなく断った高倉に黒崎は心外そうな表情を向ける。

「おや、私がここから負けるとでも？」

「……いえ、プライベートでギャンブルはやらない主義でしてね」

そもそも高倉には私腹を肥やそうという気持ちはないし、ここで勝ったところで表に申告のできない金が増えるだけだ。それは高倉の誇りが許さなかった。

『Fan』が始まってもう四十分以上は経っているだろうに、尚も黒崎の秤に金貨を投げ入れようとしている観客がいる。観客の大半が黒崎が勝つと思っているのは明らかだった。

高倉が秤を眺めていると黒崎の部下の一人が報告に来た。

「黒崎さん。予定通りカイジがドリームジャンプを始めるそうです」

それを聞いた黒崎は腹を抱えて笑い始めた。

「みすみす死にに行くとは！　どこまでバカなんだ!!　おい、やつの死に様はちゃんと録画しておけよ」

高倉はドリームジャンプの仕組みを知らないが、黒崎の態度から判断するに運営側で当たりの数字を操作できるのだろう。まあ、帝愛のギャンブルなのだからそれぐらいの手を打っていて当然だ。

「おい！　おまえらもうやめろ！　もう充分だ！　オレに入れるな」

黒崎は笑い止《や》んだかと思うと、突如豹変《ひょうへん》した。紳士の顔を捨て、本性剝《む》き出しで観客に語りかける。

「勝負はもうついた。これ以上BETされたら、オレの取り分が減る!!　おまえらは黙って大人しくしてろ！」

その瞬間、観客たちの大半が白けてしまったのが高倉にもわかった。だがそれでも金貨は止まらない。大勢が決した後に金貨を投げ入れるのは別に禁止された行為ではないからだ。勝ち馬に乗りたがるのは人間の常だ。これよりもずっと少額の勝負だと、たとえ勝っても倍返し分で取り分がほぼなくなることもあるという。

だがそれが黒崎の怒りに油を注いだようだ。

「入れるんじゃないって言ってるだろうが！　もう許さんぞ。わかった、さっきは外した金貨の分は補償すると言ったが、撤回だ！」

黒崎の宣言に観客席がどよめく。

「話が違うじゃないか！」

「私のお金、返してよ！」

「そうだそうだ！」

観客たちの抗議に黒崎は唾を飛ばして反論する。

「やかましい！　所詮あんなものは口約束だ。これはオレの気分を害しやがったペナルティだと思え！　おまえら、深く反省しろ！」

それでようやく黒崎の秤への金貨の投げ込みはピタリと止んだ。

刻一刻と変化する状況に対応して、自らの利益を最大化する……それ自体は決して間違いではない。だが、それはカイジの死を耳にしてからでも良かったはずだ。無駄に勝ち誇ることがどれだけ危険な行為なのかこの男はわかっていない。もしこれでカイジが生還した場合、黒崎は思わぬ苦境に立たされることだろう。

陰の支配者でいる限りは恨みを買うこともないというのに……。

高倉は荒れ狂う黒崎を冷ややかな目で眺めていた。

モニターに映ったカイジは先ほどからロープを決めかねて右往左往していた。

まるでチンパンジーだな。

そんなカイジの様子を見てドリームジャンプ担当の荻野圭一《けいいち》は安堵する。これでカイジはもうまな板の上の鯉《こい》だ。

「さっきから決めようとしませんね……」

「バカな男だ。こっちは当たり番号を操作できる。どうあがいてもカイジに勝ち目はない」

今更カイジがゲームを降りるなんてことはなかろうが、こちらからせっついてへそを曲げられたら厄介だ。もう黒崎への報告も済ませてしまった。

「荻野さん、次は何番にします？」

部下が薄笑いを浮かべて尋ねてくる。

「そりゃ、決まってる。やつが選ばなかった番号だよ」

荻野もハハハと笑う。だが次の瞬間、部下の顔色が変わった。

「どうした？」

「あれ……装置の電源が入りません」

「何だと!?」

このままでは前回と当たり番号の変更ができない。

「どうしましょうか……中止にしますか？」

荻野はうろたえる部下を叱り飛ばす。

「ふざけるな！　黒崎さんからはこのゲームでカイジを殺せと命じられている」

ご機嫌取りの報告が裏目に出たか……。

ここで中止にすれば黒崎の叱責が待っている。いや、叱責どころか降格、最悪の場合は一労働者に落とされる可能性だってある。

帝愛の暴君相手に間違った対応をすることは許されない。荻野はそれで退場させられた者たちを沢山知っている。

「では……どうすれば？」

「最後の審判の状況は？」

「この勝負次第かと」

「……ならやろう」

「え？」

荻野は煙草《たばこ》に火を点け、一口吸ってからその真意を説明する。

「オレはな、利根川さんには可愛がってもらってたんだ」

「私が帝愛に入る前にいた方ですね。確か黒崎さんのライバルだったとか……」

「その利根川さんを破滅させたのがあのカイジだ。そして本来、今の黒崎さんの立場には利根川さんがいるべきだった……」

荻野は自分の欲望を自覚する。

オレは黒崎の破滅かカイジの破滅が見たい……出世コースから外され、こんなところで毎日人殺しをしているオレにもこれぐらいの褒美があってもいいではないか。

荻野はしばし黙考の後、管理職としての建前を口に出した。

「考えてもみろ。もしここでカイジが負ければ黒崎さんの言いつけを守ったことになる。万が一、カイジが生き残った場合は黒崎さんが破滅する。つまり、どっちに転んでもオレにとっては問題ない。だったら、やるべきだろ?」

部下は何も言わず、ただ肯いただけだった。


遅いな、あいつら。

打ち合わせでは加奈子がカイジに当たり番号を伝えに来るはずだったのだが……。

『おい、早く選べ』

荻野が操作室からスピーカーで催促してきた。

「うるせえな。命がかかってるんだから、もう少し選ばせろよ！」

なんとかそう誤魔化したが、ふとカイジは下の方が騒がしいことに気がついた。

なんだ？

下を覗き込んだカイジは見た。廣瀬が入り口を警備していたスタッフを足止めし、加奈子が会場内に滑り込んでくるところを。

加奈子はカイジの姿を認めると、両手を拡《ひろ》げて数字を伝えようとする。

待ってたぞ加奈子。さあ、当たり番号を！

喜んだのも束《つか》の間《ま》、加奈子は後ろから来た別の警備スタッフに拘束されてしまった。おまけに右手をがっちりと摑まれている。

しまった確保された！　あれじゃ手も自由にならない。

「加奈子！」

カイジは自分が叫ぶことで、暗に加奈子へ当たり番号を叫ぶことを促した。それを察した加奈子は羽交い締めにされながら懸命に叫ぶが……。

え、何だよ？　なんて言ってるのか聞こえねえぞ！

せめて口の形から読み取ろうと目を凝らす。すると加奈子の口がアイウエオのウの形をしているのがかろうじて読み取れた。

あれは「ウ」……いや、「ウー」か？

数字の内、ウで終わるのは6と9と10……だが「ロク」と発声しているのなら、加奈子の口は「オウ」の形に動いていないといけない……だから6は除外できる。

となると残りは9か10……いずれも表すのに両手が必要な数字だ。片手を掴まれた加奈子には手で伝えることは不可能、だからこそ口で伝えようとしたのだ。

9？　10？　どっちだよ!?

『早くしろ！　カイジ！』

荻野が急《せ》かす。

「うるせえな、もう飛ぶよ！」

そうは言うものの、下の地面を見ると足がすくむ。

いざ飛ぶとなると超怖《こえ》え……。

カイジは高層ビルの上に渡した鉄骨を渡った経験はあるが、あれは落ちる恐怖との戦いであって、飛び降りる恐怖を克服できたわけではない。

そんなカイジに向けて加奈子が自由な方の手で人差し指と親指を立てて、何かを訴える。

激励のつもりか？　それとも早く飛べって？

だがその真意がわかる前に、加奈子はスタッフたちに連れ去られてしまった。

9か10……もう、運否天賦でどちらかを選んで飛ぶしかない。

何気なく10のロープに手をかけたカイジはふとあることを思い出した。

最後の加奈子の指の形……あれはキューの合図ではなかったか？

その瞬間、カイジに電流が走った。一度そう思うと、他の答えは考えられない。

『カイジ！　それでいいんだな？　じゃあ、さっさと飛べ』

だが当たり番号が9だという保証なんてどこにもない。加奈子の手がたまたまキューの形になっただけかもしれない。あるいは廣瀬が停《と》めた配電盤も荻野たちがもう復旧させてしまっているかもしれない……それでもカイジの勘は9が正しいと告げている。

何も考えずに身を投げることは誰にだってできる。ただ、自分の読みを信じ、身を委ねることができた者がギャンブルの勝者になるべくしてなる。それをカイジは身をもって学んだ。

オレの選択は……9だ！

カイジはロープを装着すると、勢いよくその身を投げた。

最後の審判の会場に奇跡の生還を果たしたカイジ。その姿を見た黒崎の顔ときたら見物だった。

「カイジ……おまえ、どうして」

「勝ったからに決まってるだろ」

黒崎はカイジ生存のカラクリを知りたそうだったが、生憎教えてやる義理も時間もない。

「クソが！　だがもう遅い！　ゲームは終了!!　オレが勝ったんだよ！　ほら、時計を見ろ！　十七時十分！　終了時刻だ！」

黒崎は大仰な身振りで大時計を指差す。

どうやら腕時計を金に換えたのが仇《あだ》になったようだな。

「いや、まだゲームの時間は終わってないぜ」

「往生際が悪いぞ！　終わったと言ってるだろ！」

「残り時間はまだ五分ある」

「はあ？」

「みんな、手元の時計を見てみろ。あの時計は五分早く進んでいるんだ」

カイジの言葉に、観客たちは半信半疑で自分の時計を覗き……そしてみな一様に驚愕した。

「本当だ……あと五分あるぞ!?」

黒崎は近くで狼狽しているスタッフの時計を覗き込み、つられるようにしてうろたえた。

「どういうことだ……？」

「正確な現在時刻は十七時五分、だから五分ズレているってことだ。つまりあと五分は勝負ができる！　そして……」

帝愛スタッフがドリームジャンプの勝ち分である百億円相当の金塊をこの会場に次々運び込んでくる。

「残り五分、この百億でひっくり返す」

「そんなことして何の意味があるんだ？　たった五分でお前に何ができる？　金塊を入れる台座だって上がってる！　それに今は浮動票の時間だ。おまえが入れることなどできない。どっちみちオレの勝ちなんだよ！」

「それはどうかな」

その時、四機のドローンが飛来する。そしてドローンが運び込まれた大量の金塊をマジックハンドで摑み、東郷の秤に運び込んでいく。

「金塊はこいつらに譲渡したと考えれば、浮動票だろ」

ドローンを操縦するのは観客席に潜ませておいた菅原、今野、真山、富樫の四人だ。この日のために重い金塊を運べるようにドローンを改造しておいて本当によかった。

ドローンは次々と秤の中に金塊を落としていく。それでも秤は少し揺れただけでまだ黒崎側に傾いているが、その様子を見た観客たちは歓喜の声をあげる。

「まだ時間はある！　どんどん運んでくれ！」

「クッソ……！」

「さあ、これで百億は追いつくぞ。みんなが金貨を投げ入れてくれたら、黒崎は負けるぞ！」

「小癪《こしやく》な……そっちがそうならこっちも本気だ！　おい、全員、入れてよし！」

黒崎は観客たちに向けて号令をかけるが、みな白い目を向けている。

「何してる？　協力を認める。早く入れろ!!　今オレに入れたやつは、みんなうちの正社員にしてやる！」

黒崎がそう必死に訴える中、会場に一人の中年男性が乱入してきた。

「カイジはん！　応援に来たで！　勝つんや！　絶対に勝つんやで！」

坂崎孝太郎《こうたろう》……かつてカイジと一緒に沼というパチンコ台を攻略した仲間だ。

「ありがとう。坂崎のおっさん」

坂崎は当時の勝ち金を元手に建設会社を立ち上げ、今はそれなりに成功しているらしい。だからその手には当然のように大量の金貨が握られていた。

「ほれ、福は内！」

坂崎は外れるのも構わず、豆でも投げるように金貨を東郷の秤に放る。その豪快さにつられて、数人が金貨を投げ込む。だが観客の大部分はまだ迷っているようだ。

坂崎はそんな観客たちを見て、発破をかける。

「ほら、ボケッとしとらんで！　あんたらもカイジはん側に投げるんや！　あんなやつに入れたってな、どうせすぐに掌を返すに決まっとるんや」

「そうだよ……！　誰が黒崎なんかに入れるか！」

「黒崎をやっつけるぞ！」

一度火が点いたらもう止まらない。みな、東郷側に金貨を投げ入れて行く。

「そうだ、みんな！　投げてくれ！　勝機は今こっちだ！　手持ちの金貨を全部こっちに投げ入れろ！」

カイジの言葉で更に勢いが増す。外れる恐怖なんてこれっぽっちも感じられない。

その様子を見て、黒崎が盛大に慌て始めた。

「あークッソ！　何してんだ！　勝つのはオレだ！　こっちに入れろ！　幹部だ！　おまえら全員幹部にしてやる！」

弱者の恨みが、祈りが、願いがゆっくりと東郷の秤を押し下げていく……。

そうだ、みんな投げろ！

そこにブザーが鳴り響く。背後の大時計は十七時十五分を指していた。

「タイムアップです!!!」

終わった。投げ込まれる金貨が止まっても、秤はグラグラ揺れていた。

「やったね、カイジ」

「いや、まだわからない……」

勝負の行方は依然としてたゆたっている。金貨一枚の差が勝負を決めてもおかしくはない。

「両者、秤の上にお乗り下さい」

しかし東郷はもう息も絶え絶えといった様子だった。最早生きているのが不思議なぐらいだ。立ち上がって秤の上に上がるなんて不可能だろう。

「ジイさんの代わりにオレが乗る。ボディチェックと体重を調整し直してくれ」

カイジがそう申し出ると、帝愛のスタッフたちは速やかにカイジのボディチェックを済ませ、カイジに秤へ乗るように促す。

頼む……勝たせてくれ。

そしてカイジと黒崎は秤の上に乗った。

「ただいまより、最終集計を行います」

秤に載った金の重さが集計され始め、両者の台座がシーソーのように揺れる。だがやがて台座の揺れがだんだんと弱まって行き、完全に静止した。

どうだ？

恐る恐る見れば、ほんの僅かな差で秤は黒崎に傾いている。

くっ、駄目か……。

「出ました。勝者は派遣王……」

そうアナウンスされようとしたその時、大時計が十七時十六分を指す。すると時計の針の溝に引っかかっていた金貨数十枚がカイジ側に滑り落ちてきた。

新たに増えた金貨によって、秤が微動し始める。

「まだだ……！」

「いやいやいや！　今の金貨は無効だろ！　オレの勝ちだった！」

黒崎が慌てて物言いをつける。

「いや、時間内に投げた金貨は有効だ。ルールにもそうあっただろ。帝愛のカジノで、後から聞いてなかったは通らないぜ！」

「ぐっ……屁理屈《へりくつ》を」

数十秒して、ようやく秤の動きが治まる。それでも勝っているのは……ほんの僅かながら黒崎だ。

ここまで来て……ここまで追い詰めたのに、終わりなのか？

「ハハ……ハハハハハ！」

静まり返った場内で黒崎の笑い声だけが響いた。だが流石の黒崎も疲れたのか、すぐに笑い止む。

その時だった。カラカラと何かが滑り落ちてくる音が聞こえる。

「なんだ、この音……」

ふと振り返って背後の大時計を見ると、時計の長針が十七分を指したことでまだ引っかかっていた一枚の金貨がゆっくりとカイジの方に滑り落ちてこようとしていた。

そしてどうやら黒崎もその金貨の存在を感知したようだ。

「やめろ……冗談じゃないぞ。おい、早くオレの勝ちを宣言しろ」

だが黒崎の懇願も虚しく、その金貨はカイジの秤の上にポトンと落ちた。カイジが拾い上げると、それは廣瀬が投げ入れた縁の欠けた金貨。

そして秤は僅かながらカイジ側へ傾いた。

「勝者は不動産王です！」

宣言と同時に歓喜に沸く会場。一方で黒崎は茫然自失《ぼうぜんじしつ》の態でカイジを見ている。

「バカな……」

「見ろよ！　その目でよく見てみろよ！　勝敗を決めたのは廣瀬の金貨だ!!　おまえがバカにした、廣瀬の金貨でオレたちは勝ったんだよ!!」

「あんなところにいてくれた……しがみついて、あいつを刺す機会をずっと窺ってたんだ……」

何があっても涙を見せなかった廣瀬が人目も憚《はばか》らずポロポロと泣き出した。カイジは秤から降り、「ありがとな」と廣瀬を労《いたわ》った。

「なぜだ……なぜ時計の針が狂ってた……整備の連中は何をやっていたんだ！」

黒崎がヨロヨロとした足取りで秤から降りながら叫ぶ。

まあ終わった以上、種明かししてもいいだろう。

「実は時計の針を進ませたのはこのオレだ。目の前にあんだけでかい時計があれば、誰もみんな手持ちの時計など目にしない。その心理をついた。こっちの想定以上に『Family』で差をつけられたから、無茶なギャンブルをしなきゃならなくなったが、いざとなりゃギャンブルで金を増やすことは初めから考えていた」

「なんだと？」

「勝負は残り五分。台座が上がり切った時、無策のおまえには即座に金塊を入れることはできない！　ただ指を咥《くわ》えて見ているだけだ。そのためにどうしても時計の針を進ませる必要があった。だからオレは、ある人に協力を求めた」

カイジが合図をすると、観客席から一人の中年女性が出てきた。

「なんだ、おまえ……」

やはりもう憶えていないようだ。

「ああ。この間、あんたがクビにした杉山さんだよ」

黒崎はそれでようやく思い出したように杉山を見つめる。

「あの時の……だがどうしてこいつが？」

「あなたにあの現場をクビにされてからすぐに、この帝愛ランドで働かせて頂いていたんです。単なる派遣としてですが」

「おまえは親会社の帝愛へ大量の派遣社員を投入し、ただ同然で働かせていた。だけどこの人は元時計職人。その経歴があるなら、当然時計のメンテナンスの仕事にありつけてもおかしくはない……だからオレは杉山さんを仲間に引き入れた」

スカウトを快く受け入れた杉山は、カイジにビッグベンの振り子の仕組みを教えてくれた。なんでも振り子の支点から重心までの距離が短くなれば、時計を早く進ませることができる……それを利用して『Fan』終了三十分前から時計を進ませていたのだ。勿論、杉山がメンテナンスと称して大時計に細工してくれなかったら成立しなかったわけだが。

「杉山さんにかかれば、これぐらい朝メシ前なんだよ！」

「ふざけやがって……」

「哀れだなぁ、黒崎。虚仮にして足蹴にしていた自分とこの派遣社員に足を掬われたんだよ！　まさに自業自得！　ようこそ、バカにしていた底辺の生活へ！」

「何だとてめえ！」

いきなり黒崎はカイジに摑みかかった。

「死にやがれ。死ね、クソ」

だが、すぐに黒服たちに剝がされる。

「放せ！　オレを誰だと思ってるんだ？　帝愛で働けなくするぞ！」

「全て兵藤会長のご指示です」

そう言われて、黒崎は雷に打たれたような表情になった。ようやく自分の置かれた立場を悟ったのか、黒崎はガクッと膝を折った。

やがて会場の外から黒服たちがやって来て、黒崎を羽交い締めにして連れ出していく。だが突然我に返った黒崎は半狂乱になって暴れ出した。

「おい、放してくれ。カイジ、死ねえええええ」

断末魔みたいな声を残して、黒崎は退場させられた。

「やったね！」

加奈子は飛び跳ねて、カイジと廣瀬に飛びつく。そんな加奈子をカイジはどうにか引き剝がす。

「待て待て。まだこれからだろ。この勝ち金を賄賂として政治家たちに配って、明日の天命の儀を阻止する……それでようやくオレたちの勝ちだ」

「あ、そうだったね」

「急ぐぞ。グズグズしてられねえ」

大量の金塊と共に会場を後にしようとしたカイジの耳に、パチパチパチと空虚な拍手の音が届いた。思わず顔を向けると、そこに立っていたのはあのいけ好かないエリートだった。

「高倉……」

「いや、楽しませてもらいましたよ。実にいい勝負だった」

などと心にも思っていないそうなことを口にする。

「ギリギリでも勝ちは勝ちだ。これでおまえの野望も止めてやる」

カイジがそう言い放つと、高倉はわざとらしく肩を竦《すく》めてみせる。

「念の為《ため》に言っておきますが、そんなもので預金封鎖は止められませんよ？」

「なんだと？」

ただのハッタリだ。そうに決まっている……。

しかし続く高倉の言葉はカイジを黙らせるには充分な威力があった。

「天命の儀はつい先ほど終わりました。一日前倒しでね」

……こんなところで黒崎が負けるとはな。まあ、それは織り込み済みだ。

「天命の儀が終わったってどういうことだよ？」

察しの悪いカイジに高倉は説明してやることにした。

「あなたたちの情報はこちらにも入っていた。賄賂で政治家が転ばぬよう手を打ってはいましたが念には念を入れ、一日早めていたんですよ」

「そんな……！」

「最後の審判の最中なら余計な手出しはできないと踏んでね。まあ、黒崎が退場したのは誤算でしたが、帝愛グループとの関係まで消えたわけではありませんからね。愉快な茶番をありがとう」

「てめえ」

「カイジくん……」

カイジが高倉に摑みかかろうとする刹那、東郷がカイジを呼び止めた。

「なんだ、ジイさん？」

「よく聞いて……くれ」

「あ？　聞こえねえよ」

東郷は何かを必死に伝えようとしていた。カイジはそれを聞こうと東郷の顔に耳を寄せた。

どうやら東郷は寿命が来たらしい。計画の中心人物がこのザマでは最早何もできまい。

「そんなことより救急車呼ばないと！」

「父さん？　父さん!?」

高倉は混乱するカイジたちに興味を失い、最後の審判の会場を後にした。


その夜、高倉はＶＩＰルームで一人祝杯を上げていた。

天命の儀が済み、明日にはもう預金封鎖と新円切り替えが始まる。その前に既に資産の現金化を済ませた閣僚たちが一足先に旧円と新円を交換する手筈になっていた。それも破格のレートで。有識者会議で抱き込んだ財界人たちも明日以降、同じようにこの建物とコンテナの中で紙幣交換を行う予定だが、それはあくまで世間よりも良いレートで交換できるということだけに過ぎない。

黒崎が最後の審判を強行したのもそれが理由だ。新円切り替え前に大量の金塊を得ることができれば、切り替えで資産が目減りした他の幹部たちの買収も容易《たやす》くなり、黒崎は王になれた……今となっては口にしても仕方のないたらればだが。

勿論、破格のレートでの紙幣の交換はれっきとした不法行為だ。だから交換は虎ノ門にある国立印刷局の敷地《しきち》にある建物、そのまた更に中にあるコンテナ内で秘密裏に行われる。万全を期して建物もコンテナも入り口は一つきり、おまけに内外に多数の防犯カメラが設置されており、不埒者の侵入を許さない。

高倉は時計を見る。予定ではちょうど、総理と閣僚たちが紙幣の交換をしている頃合いだ。

まったく御苦労なことだな……。

高倉は付き合う気が起きず、部下を行かせた。預金封鎖と新円切り替えに比べたら興味が無いというのも大きいが、そもそも高倉は紙幣交換そのものをバカにしていたからだ。

明日になれば高倉の個人資産は大きく目減りするだろう。だが高倉はそんなことは意に介していなかったし、何より渋沢たちのような俗物に混ざってセコいロンダリングのような真似をすることはプライドが許さなかった。

明日になろうが、私は私のなすべき仕事をするだけだ。だが……。

高倉は大きな欠伸《あくび》をする。

たかが三日の徹夜で疲れるとは……私も衰えたな。まあ、今ぐらいは構わんだろう……。

高倉はソファに深く腰掛けると、そのまま眠りに落ちた。


高倉は懐かしい夢を見ていた。

「答えて下さい、先生」

研究室の中、恩師は何も言わない。

「日本は……もう手遅れなんですね？」

そう訴えているのはT大学三年生だった頃の高倉だ。

あの当時の高倉は夢に燃えていた。尊敬する教授の研究室に入り、そのままアカデミーの世界に骨を埋めるつもりだった。実際、高倉は学内で将来のノーベル経済学賞候補とも囁かれていた。勿論、そこには揶揄《やゆ》の響きも含まれていたが、入学以来ずっと首席をキープする高倉に誰もが大きな期待を寄せていたのだ。

そんな高倉の大志は自ら作り上げた経済理論で日本という国を甦らせることだった。だが高倉はあまりに才気煥発《さいきかんぱつ》で優秀過ぎた……その願いが決して叶《かな》わないという絶望的な答えに自らたどり着いてしまうほどに。

「……その通りだ、高倉くん」

教授は自分と同じ答えに至った高倉を誇らしく思っているようでもあり、同時に哀れんでいるようにも思えた。

「……今はまだ事態を正確に把握している者は僅かだが、私の試算でも十年後、十五年後あたりから加速度的に日本経済の荒廃が進んで行くだろう。二十年後はまだわからないが、三十年後なら確実に財政は破綻している。そして日本という国に旨味がなくなればアメリカも我々を見放す。あとは各国による切り取り合いが待っているだろう」

悪夢だ。ずっと守りたいと思っていた日本がもう手遅れだなんて……。

「先生、それでは日本の破滅を阻止するにはどうすればいいのでしょうか」

「君なら海外の大学でも外資系企業でも引く手あまただろう。どこでも暮らしていける……こんな沈みゆく国のことは忘れて、自分の幸せを追求しなさい」

教授はそう諭すが、高倉は耳を貸さなかった。

「不都合を見なかったことにして生きていられるほど、私は単純な生き物ではありません」

教授は少し迷った後、自らの考えを口にする。

「現実的には財務省に入ることだ。優秀な君なら最短かつ確実に中枢にたどりつけるだろう。だが、おそらく間に合わない。君の出世より破綻の方が早かろう」

日本の財政にメスを入れなければならないのに、メスを握れるようになるまで時間がかかりすぎるということだ。

「もう一つある。まず経産省に入る。経産官僚はとにかく企業に顔が利く……と言うより、金を持っている企業は優秀な経産官僚には恩を売りたいからな。そうだな、帝愛グループなんかが丁度いいかもしれない」

その会社なら高倉でも知っていた。だがこの時は教授の言葉の真意がわからなかった。

「そうやってどこかの企業と繋がりができたら、今度はこれと見込んだ政治家に引き合わせ、献金させるんだ。その政治家がそのまま総理大臣にまで上り詰めた時に君が彼の尊敬を勝ち得ていたら、君は政務担当首相秘書官になれるだろう。十年以内にそうなれば……政策は君の思いのまま、日本の財政にメスを入れることができる」

「しかし、それは……」

「そう、邪道もいいところだ。私とて君にそこまで汚れろとは到底言えん」

救いたい患者のために正規の手段で医学部に入り、インターンの半ばでその患者に死なれるか……それとも無免許の闇医者になってでも患者を救うか。

高倉は究極の選択を迫られていた。

「先生……私はどうするべきでしょうか？」

だが教授は答えをこうはぐらかした。

「さあ……それは君が決めるんだ」

高倉は電話の着信音で目覚めた。

うたた寝をしていたようだな。

画面を見ると閣僚たちの紙幣交換に付き添った部下からだった。高倉は何やら胸騒ぎを覚えつつ、画面に表示された通話ボタンをタップする。

「……どうした？」

『高倉さん、大変です。閉じ込められました。突然、ドアが閉まったんです』

「どこにだ？」

正確な表現をしない部下に苛立ちつつ、先を促す。

『今、コンテナの中にいて……つまり建物の中のコンテナに閉じ込められているということですが……おまけに妙なことにトランクまで開かないんです』

確認する術はないが、この分ではおそらく建物自体のドアもロックされている可能性が高い。

「解錠用のパスワードは伝えておいたはずだが？」

『勿論！　何度も確認しました。それでもトランクは開かないわ、コンテナからは出られないわで……』

パスワードエラー？　何者かが書き換えない限り、そんなことが起きるはずがないのだが。

『とにかく総理たちがパニックになってまして……このままだと例の法案を廃案にするしかないと騒いでます』

「愚かな……」

そう答えかけた瞬間、突然ＶＩＰルームのドアが開き、何者かが侵入してきた。

「よう、何かお困りかな？」

そう不敵に訊ねる侵入者は……カイジだった。

「後でかけ直す……」

高倉は通話を切り、カイジを睨む。

「何の用でしょう。あなたの入室を許可した記憶はありませんが」

「とぼけなくてもいいじゃねえか。なあ、例のパスワードだが全て変更させてもらったぜ」

何故そんなことをこいつが？

ポーカーフェイスが身上の高倉も思わず顔に感情を出してしまう。

落ち着け。この男にそんな大それたことができるはずがない。ただのハッタリだ。

そこにカイジに遅れて、加奈子と廣瀬が入って来る。

「カイジ、こんなとこに呼び出してどうしたの？　湊なんか、東郷さんと一緒にいたのに……」

二人とも困惑気味に室内を見回している。この様子を見るに、事態を把握しているのはカイジ一人というところだろう。

「ところで高倉、ついさっき東郷のジイさんが病院で亡くなったんだ」

「そうでしょうね」

高倉は冷淡にそう言い放つ。最後に見た東郷は明らかに虫の息だった。

「だが病院に搬送される前、ジイさんはオレに大事なことを教えてくれた。そのお陰であんたらが往生しているというわけだ」

言われてみればあの時、東郷はカイジに何かを伝えようとしていたではないか。

「……納得の行く説明をお願いしますよ」

「オレもあんたも思い違いをしてたんだよ。ジイさんはハナから政治家や官僚に賄賂を贈ろうなんて考えちゃいなかったんだ」

何？

「今回の企みの黒子である印刷局の人間に配り、各種パスワードを変更して、大臣たちに新しい金が渡るのを阻止しようとした。そして今、その事態が起こり連中は袋のネズミさ」

大臣たちを切り崩すのではなく、一つの組織を丸々買収するとは……ナンセンスすぎて思いつきもしなかった。

「愚かしいことを……」

突然、高倉のスマートフォンに着信が入る。渋沢からだった。高倉はカイジから視線を切らずに電話に出る。

「はい。どうしましたか？」

『早くなんとかしろ！』

渋沢の第一声がそれだった。

『裏取引がバレたら我々はおしまいだ！　このままでは預金封鎖は廃案にするしかない』

天命の儀では「預金封鎖と新円発行は日本を救うために必要な行為」と散々口にし

ていた癖に。

廃案にする必要なんてどこにもない。預金封鎖と新円発行さえなされれば私の悲願は半分以上達成されるのだから。

だが渋沢の辞任は、高倉もまた政界に対する影響力を失うということでもある。法案が通った今、権力に固執する必要はないが、なすべきことはまだ沢山ある。

「政務担当首相秘書官として、今すぐに対処します」

『当たり前だ。待ってるぞ！』

……ただし、おまえたちのためではない。あくまで日本のためだ。

高倉が通話を終えると、カイジはそれを待っていたかのように三枚の封筒を取り出した。

「この三枚の封筒にトランク、コンテナ、建物の出入り口の新しいパスワードが入っている」

高倉は暴力による終結も視野に入れ、周囲で控えている帝愛のスタッフたちを見た。スタッフたちも高倉の意図を悟ったのか、少しずつカイジたちとの距離を詰めようとする。

だがそんな黒服たちを牽制するように、カイジが叫ぶ。

「やめとけ！　一応言っておくが、中身はきっかけの数字だ。正確なパスワードはオレの頭の中にある」

クズなりに知恵は回るようだ。

「下がりなさい。この男は私と取引がしたいようですから」

高倉の命令で下がるスタッフたちを見て、カイジが口角を僅かに上げる。

「エリート様は察しが良くて助かるよ。さて、こいつを賭けてオレと勝負しないか」

「勝負だと？」

「なんでも、このVIPルームにはゴールドジャンケンって面白いギャンブルがあるらしいじゃないか。どうだ？　あんたがゴールドジャンケンに一回勝つごとに好きなパスワードを手に入れるってのは」

私にゴールドジャンケンを挑む？　バカな。

高倉は思わず笑いそうになったがどうにか抑える。むしろどうやったらカイジからパスワードを奪い取れるかを必死に考えていたところだが、これは渡りに舟だ。いや、鴨《かも》が葱《ねぎ》を背負ってきたと言うべきか。

「実はこのゴールドジャンケンはかつて帝愛グループで行われていた限定ジャンケンやEカードに着想を得て、私が考案したものです。そういえば伊藤さんはEカードで大金星を納めたことがおありとか。きっといい勝負になるでしょう」

だがカイジは舌打ちする。

「おだてたって駄目だ。ハンデをもらうぞ！　おまえはこのジャンケンの専門家だからな。オレは一回でも勝ったら勝ちだ。その時は預金封鎖を解除してもらう」

クズが。この私と対等な取引をしようなど……こんなやつをまともに扱ってやろうとしたのが間違いだった。

「さあ、どうする？　高倉」

「……あいこでも私の勝ち。その条件ならやってやってもいい」

高倉はカイジに対する口調を切り替えた。

「あいこでも勝ち？」

「当然だろう。たった一回勝てばいいなどそもそもおまえに有利すぎるルール。私の条件が呑めないなら、この勝負はなしだ」

「クソ……」

カイジは躊躇《ためら》っている。どちらが有利か、必死に頭を巡らせているのだろう。だが、カイジがこの条件を呑む他ないのはわかりきっている。

「……わかった」

バカめ。これで私の勝ちだ。

「カイジ!? 少しは冷静になってよ!」

「うるせえ。オレのやることに口挟むんじゃねえ!」

「何よ。ここまで付き合わせといて……」

「ゴールドジャンケンだけは駄目ですよ!」

こいつらの方が遥かに冷静だな。どうあれ私がゴールドジャンケンで負けるはずがないのだから。

カイジたちの仲間割れの模様を眺めながら、高倉はパンパンと手を鳴らす。すると、スタッフの一人がゴールドジャンケンに必要な純金と袋を運んできた。

「ルールは簡単。三回のジャンケン勝負の中で、おまえは一回はこの金を握ること。つまり、一回は必ずグーを出さなければならない。金を手にしたグーで勝った場合、その金はもらうことができる……」

　高倉は二つの袋をジャンケン用の台の上に置くと、カイジを手で誘う。カイジはそれに応じて、台を挟んで高倉と対峙《たいじ》した。

「普段はそういうルールでやっているが、今回はここまで来たことに敬意を表して……特別ルールとして金を握って勝つごとに、一億円分の金塊を得られることにしよう」

　ここでグーの価値を少しでも重くしないといけない。もしカイジが強欲な男なら、あの小宮山のように金入りのグーしか出さなくなることもありうるからだ。

「いいか、もう一度だけ言っておく。あいこは私の勝ちだ。グーで引き分けた場合もな。さあ、勝負だ。第一戦目、準備が出来たら声をかけろ」

　カイジが金入りの袋を背中側に回すのを見て、高倉も同じように背後に隠す。

「大丈夫だ。たった一勝、一勝さえすればオレの勝ちだ……」

　そう、たった一勝……だがその一勝が果てしなく遠いのだ。

　当然、このゴールドジャンケンにもセオリーは存在する。このゲーム……最後までグーを取っておくことは圧倒的に不利だ。だから勝負は最初の一手、そこでグーを消費する。そうすれば残り二回はフリーハンド。何を出してもいいことになる。

だがその程度のセオリーはカイジだってわかっているだろう。つまりカイジは最初に高倉がグーを出してくるか、その裏を掻いてくるかを読まねばならない。

「まだか？」

「行くぞ……」

カイジが袋の中に手を突っ込んだのを見て、高倉も袋に手を突っ込む。そして……。

「「ジャンケン、ポン」」

カイジはパー。そして高倉は……チョキ！

「あっ……クッソ⁉」

「嘘ぉ⁉」

「完全に読まれてた……」

加奈子と廣瀬が失望の声を漏らす。

「さて、コンテナの鍵からもらおうか」

カイジはしぶしぶといった表情で白紙にパスワードを書いて高倉に手渡す。高倉はそれをメールで閉じ込められている部下に送る。

「早く、次だ！」

「無駄だよ、カイジ。私にはおまえの動きが手に取るように見える」

あいこでも勝ちという取り決めが効いた。おかげでカイジは既にゴールドジャンケンの罠《わな》に嵌《は》まってしまっている。

「続けて二戦目だが……やってしまったな。最初の一手でグーを出さなかった以上、次かその次には必ずグーを出さざるを得ない。そんなおまえに私がチョキを出すと思うか？」

「……いくぞ」

カイジは袋から手を出し、観念したようにモーションに入る。何を出すべきかなんてもう考えるまでもない。

「「ジャンケン、ポン」」

カイジが出したのは金入りのグーだった。そして高倉が出したのもまた金入りのグー。

「追い込まれちゃった……カイジ！」

「次は出入り口の鍵だ」

カイジは悔しそうに空欄の紙にパスワードを書いて高倉に渡す。

「カイジさん、トランクのパスワードだけは死守して下さい！」

「そんなこと言われなくてもわかってるよ！」

苛立ったカイジは廣瀬に強く当たる。二敗で余裕がなくなったようだ。

「さあ、これで後がなくなった。さっさと勝負をつけるぞ。ラスト、第三戦目だ」

高倉は袋の中に手を突っ込む。先ほど金入りのグーを消費した以上、高倉の出す手にもう制約はない。そのうえあいこでも高倉の勝ちという取り決めのお陰で高倉が断然有利だ。

加奈子と廣瀬は高倉を訝《いぶか》しむような目で見ていた。

「それにしてもどうして高倉は最初の一手、カイジさんがグーでないことがわかったんだ……」

「そうよね。あいつが最初の一手を読んだトリックがわからない限り、カイジに勝ち目はないよ」

「高倉はカイジさんの動きが手に取るように見えると言った。もしかして、別にカイジさんの心を読んでいたわけじゃない!?」

察しの悪い虫けらたちでも流石に何か勘づくか。だが、もう手遅れ……それにしても愚かな男だ。何も知らずに私に勝負を挑んだのがそもそも間違いだったのだ。

カイジは意を決した表情で袋に手を突っ込んだ。

「やるぞ……」

「待ってくれ。カイジさん！」

「黙ってろって！」

そして袋から手を抜く。勿論、カイジの手は隠れているが、高倉の目は誤魔化せなかった。

私には見えてる。おまえは今、金を握っていない。つまりは次の手はチョキかパー……仮に私がパーを出せばチョキで負ける可能性がある。あいこでも私の勝利、ならばここはチョキ！

「「ジャンケン、ポン」」

高倉はチョキ。そしてカイジは……グーだった。

「嘘……勝ったよカイジ！」

バカな。グーだけはあり得ない……どうしてグーなんだ？　グーを出すなら金を握って出した方が得に決まっているというのに……。

「どうした？　何をそんなに驚いてんだよ⁉」

カイジは高倉の心を見透かしたように笑うと、グーパーグーパーと手を開いてみせた。

「Eカードをやってた利根川もな、心理戦だとか読み合いだとか抜かしてた癖にこすい必勝法を用意してたからな。同じように何かあるんじゃないかって疑ってたんだよ」

そう言ってカイジは袋から金を取り出す。

「こいつは小さくても、日頃重いと思っている鉄の二・五倍の重さがある。その重い純金を掴んでいるかどうかは肩の傾きや腕の振りに必ず現れる。おまえはその動きで相手がグーを出すことを読んでいたんだ。だから勝てば一億なんて条件を突然持ち出したんだろ？」

カイジの言う通り、これこそがゴールドジャンケンの必勝の秘訣《ひけつ》だった。

「だとしたら、おまえは相手が金を持っていないことも瞬時にわかるはずだって気がついたんだ。経験則から金を持っていなければグーはない。相手はパーかチョキ。そう思い込むはずだ」

　パーかチョキしかないのなら、引き分けを考えてチョキ一択……やつを縛ったはずが、縛られていたのは私の方か。

「追いつめられて一か八かその思い込みに賭けるしかなくなった。助かったよ。案外、おまえが単純な奴で」

　不覚……こんなクズに裏を取られるとは。

「約束だ！　今すぐ預金封鎖は無効にしろ！」

　カイジは勝ち誇っている。最早廃案に追い込んだかのような表情だ。

　だが……依然、私の方が高みにいる。

「それで勝ったつもりかカイジ……」

「何？」

「確かにおまえの言う通り、金を持っていない手でグーを出したやつはおまえが初めてだった。どうせグーを出すなら、誰もみな金を握るはずだと思っていたからな。その点だけは負けを認めてやろう。だが、大切なことを言い忘れていた」

「なんだ今更？」

「トランクの鍵は明日正午になったら自動解除されるシステムになっている。つまりトランクのパスワードなどなくても構わない。コンテナと出入り口、この二つの鍵さえあればな」

どのパスワードを選ぶのか、こちら側で指定できるようにしたのが運の尽きだ。

「はぁ!? だったら預金封鎖の解除は!?」

「頭の悪い男だな。おまえはもう交渉材料を失った。取引の必要などない」

「待てよ! おい! 約束を守れよ!!!」

カイジは逆上し、高倉に摑みかかってきた。だが高倉はそれを勢い良く振り払い、一喝する。

「オレに触れるな! おまえらはいつもそうだ。能のない連中はすぐ力に頼る。暴力で解決しようとする。反吐《へど》が出る。オレはな、おまえらみたいなやつらが大嫌いなんだよ。全部まとめて消え去ればいい。この国に必要のない、虫けらだ」

高倉はカイジに背を向ける。

「明日から始まる日本は弱者や愚者の居場所がない、新しく、綺麗な国だ。おまえはそのまま朽ち果てるといい」

そして高倉は出口を目指して歩き始める。背後で「テメェ！　ふざけんなよ！」という叫びが聞こえたが、カイジはすぐにスタッフたちに取り押さえられたようだった。

「待てって！　高倉！　おい！」

だが高倉は振り返らなかった。

所詮、負け犬の遠吠《とおぼ》えだ。もう交わることもあるまい。

終章
新しい明日

もう十一時か……。

天命の儀の翌日、カイジはアジトで目を覚ました。仲間たちは疲れが残っているのか、まだ起きてこない。

無理もねえか。アジトに戻ってこれたのは明け方だったしな。

部屋を出て、応接室のテレビを点けると、思っていた通りニュースでは預金封鎖と新円切り替えに関する混乱を報じていた。

『政府は急激なハイパーインフレを阻止するために、預金封鎖を実施し、新円を発行するという見解で一致したとのことです』

ニュース映像はシャッターが下りたままになっている銀行と押しかける多数の市民たちの様子を映し出す。おそらくは各地でこんなことが起きているのだろう。規模としては国会議事堂前であった暴動とは比較にならないだろう。あらゆる市民が突然の決定に怒り狂っている。

『本日をもって旧円の使用はできなくなることを受け、現在企業や個人が銀行や郵便局に預けている貯金高に応じた現金の一部が新紙幣として支給されるとのことです』

映像が切り替わり、今度は街の模様を映し出す。倒れている老人、泣き崩れた中年サラリーマン、小さな子供を連れ泣きすがっている母親……ワンカットであってもその悲哀は充分に伝わってきた。

やるせねえ……こんなことで日本を変えるなんて。

「おはよ、カイジ」

加奈子だ。テレビの音で目覚めたのかもしれない。

「起こしちまったか？」

「気にしないで。お腹《なか》も空いてきたところだし」

「もうじき正午だ。みんなを起こしてくれ」

「そっか。トランクの鍵が開く時間だもんね……」

そう言うと加奈子は部屋の隅の段ボールに入っていた缶詰をカイジの前に置く。

「缶詰も食べちゃいなよ。どっちみち、もうここも出て行くんだから……」

「いい……そんな気分じゃないんだ」

ずっと食欲が湧かないのはおそらく億の金が懸かった大勝負のせいだろう。

『繰り返します。政府は急激なハイパーインフレを阻止するために……』

今のカイジにはただぼんやりとテレビを眺めることしかできなかった。


やはり混乱は避けられなかったようだな……まあ、改革に痛みや犠牲はつきものだ。

正午前、高倉は総理官邸の会議室でスクリーンに映し出されるニュースを眺めていた。一方、一緒にいる閣僚たちはニュースなんかには目もくれず、ひたすら時計を見つめていた。トランクの解錠が待ち遠しいのだろう。

「さあ、もうすぐ十二時だ！」

渋沢が上機嫌で大臣たちに語りかける。

「このトランクが開いた時、希望に満ち溢れた未来の扉も開く……」

時計が十二時を指すと同時に一斉に解錠される音が響いた。渋沢たちは満面の笑みでトランクを開こうとする。

「ようこそ、希望に満ち溢れた未来……！」

だが彼らの顔はすぐに困惑に歪む。

「どういうことだ？　旧円のままじゃないか！」

何だと!?

高倉は慌てて渋沢のトランクから帯封付きの札束を一つ摑み、確認する。しかしどこまで捲《めく》っても全て旧円のままだった。

ここにあるトランクは全てあのコンテナから持ってきたもの、取り違えなどありえないはずだが……。

「総理、まずいですよこれ……。ただちに預金封鎖を無効にしないとこれは全部紙クズに！」

閣僚たちの阿鼻叫喚《あびきょうかん》の声が響き始めた頃、高倉は何が起きたのか理解した。

やられた……東郷の仕込みは三つの鍵のパスワードを変えることだけではなかった。印刷局の人間を買収したついでに、閣僚たちのトランクの中身を全て旧円にしておくよう手配しておいたのだろう。

「高倉くん……これは一体どうなっているのかね!?」

渋沢が悲鳴にも似た声をあげる。だが高倉は昨日までに得た情報と現状から、何があったのかを推理するのに必死だった。

おそらく東郷のプランはこうだ。コンテナの中に閉じ込められ、トランクも手に入らないとなれば総理たちは焦る……その状態であれば預金封鎖と新円切り替えの撤回を呑ませることができると踏んだのだろう。

そして仮にそれが失敗したとしても、法案が可決された後でトランクの中身が新円ではなく旧円だとわかれば暴れ出す。だからカイジはトランクの鍵だけは死守したのだ。

死せる孔明生ける仲達《ちゅうたつ》を走らす……東郷の遺《のこ》した策にまんまとしてやられた。あの黒崎なんかよりも遥かに傑物だったではないか。

「総理、落ち着いて下さい。やつらは確かにこちらに一矢報いました。ですが何もかもリセットされたわけではありません。これからまた殖やしていけばいいではありませんか。これからの再生政策を立てるのは我々ですし、投資も自在ですよ」

「今後、目減りした資産を取り戻せる保証がどこにあるんだ？　いや、待てよ……私は預金封鎖と新札切り替えについて、まだ正式に発表はしていない。今なら悪質なデマということで誤魔化せるはずだ」

高倉は耳を疑った。渋沢は傀儡として都合のいい男ではあったが、ここまで計算ができないとは思っていなかった。

「総理、ここで新政策を白紙に戻せば全てが水の泡です。日本再生の可能性が失われます！」

「そんなことは知るか！　おまえを信じていた私が馬鹿だった。お陰で大損するところだったじゃないか」

渋沢はそう吐き捨てると、他の秘書官たちに唾を飛ばしながら命令した。

「緊急記者会見の準備をしろ。全てだ、全てなかったことにする！」

十二時三十分。カイジたちは固唾を呑んでアジトでテレビを見守っていた。そこに待望のニュースが流れる。

『ここで緊急速報です。渋沢総理は先ほど記者会見を開き、預金封鎖実施の事実はないと発表しました。今回の悪質なデマは社会に大きな混乱をもたらしており、政府は預金封鎖を実施しないと明言するとともに今後、インフレ対策の具体的な検討会を開いていくとのことです』

どうやら読み通りにいってくれたようだ。

「やったねカイジ！」

「ああ……」

カイジは安堵のあまり、立ち上がれない。勝算こそあったが、こうなってくれるかどうかは本当に賭けだった。

「あれが紙クズにならなくて本当によかったね」

加奈子はそう言いながら部屋の隅に積んだトランクを指す。中には現役閣僚たちが交換しようとした一万円札が詰まっている。協力してくれた印刷局の人間たちから密《ひそ》かに受け取っていたのだが、合わせて数十億は下らないだろう。

それも預金封鎖と新円切り替えの撤回がなければ紙クズ同然……そういう意味ではカイジたちにとっても最後のギャンブルだったのだ。何せ、最後の審判で獲得した約千二百億円相当の金塊はまず印刷局の人間に協力費として一千億を支払い、残りもカイジのある思いつきを実行する対価として全て渡してしまった。最早、最後の審判で得た金は一銭も残っていなかった。

「よし、もうここにいる必要はないな。さっさと逃げるぞ」

カイジたちはすぐに撤収作業を始め、十分も経たない内に全てのトランクを運び出した。アジトの入り口にはトランクがずらっと並んでいる。

「あれ、加奈子はどうした？」

「お待たせ」

息を切らした加奈子がアジトの中から出てきた。

「おまえ……そんなに荷物あったのか？」

「もう。野暮なんだから……女の子は必要なものが多いの。あんたなんかよりもずっとね」

そう言われてしまうとカイジはそれ以上何も言えなかった。

「さあ、車にトランクを積んでいくよ。バケツリレー形式で運びこむから、みんな私に続いて！」

加奈子にテキパキと音頭を取られる形で、カイジたちは富樫の車にトランクを運んでいく。

「よし、これで最後だ」

菅原が最後のトランクを積み込み、ラゲッジを閉める。見ればアジトの前にはもう二つのトランクしか残っていなかった。カイジと加奈子の取り分だ。

「それより……廣瀬さん、本当にいいの？」

今野がそう訊ねると廣瀬は肯いた。

「ええ。みんなを裏切った僕と……そして父へのせめてもの罪滅ぼしですから」

廣瀬はトランクの受け取りを拒否し、その代わり家のない人たちを支援する施設へ寄付することを申し出た。その施設には早川をはじめ、ひだまりコロニーを追われた人たちが多くいるそうだ。そして彼らを救うのに金はいくらあっても足りない。

その申し出を受けて、カイジたちも取り分は一人トランク一つにし、残りは本来の廣瀬の取り分も含めて全てその施設に寄付することを決めた。万札で一杯のトランクだが、一つあたり何十キロもある以上、どうせ何個も持ち運べない。一人に一つだけあればいいという判断だ。

「おまえらこそ、ネコババするんじゃねえぞ」

「わかってますよ。ちゃんと杉山さんにも届けますから」

「おまえらともここでお別れだな」

カイジがそう言うと、菅原たちは寂しそうな表情で互いに顔を見合わせる。

「なんか楽しかったな……生きてるって感じして」

「オレらみてえのが上の連中に一杯食わせることができるなんてな……」

真山と富樫はしみじみと口にした。この二人がいなかったらあの逆転は不可能だったろう。

「菅原さん、これで工場再開できるね」

「ああ。ありがとう、カイジさん……」

真山にそう言われたせいか、菅原は突然泣き始めた。

「つたく。すぐ泣くなよ、おまえは。早く行け」

そう言うカイジに運転席の富樫は申し訳なさそうに言う。

「送っていきたいんですけど、こいつらとトランク載せたら一杯で」

「バカ。気にすんな。オレらはどうにでもなる。それと最後の仕事、忘れんなよ。それが本当の仕上げだからな！」

彼らにはまだやってもらいたいことがある。だからこそ先に行かせるのだ。

「はい。ちゃんとやります」

四人が乗り込み、富樫の車は発進した。後部座席の菅原たちは名残惜しそうにカイジの方を見ていたが、それもすぐに遠ざかって……やがて完全に見えなくなった。

「……オレらも行くか」

残されたトランクはたった二つ。これを加奈子と一つずつ取るわけだ。

これ、どっちの方が中身が多いんだろうな。

「さてカイジ、これが最後のギャンブルね」

加奈子が冗談めかして言う。

「どういうことだ？」

「どっちがいい？　カイジが一番頑張ったんだから選んでいいよ」

「え？　いいの？」

「ただし三十秒で決めるってことでどう？　勿論、中身を開けてよく見て選んでいいってことで」

「乗った！」

二つのトランクは大きさの差はあまりなかった。とりあえずカイジは手前にあった小さい方のトランクを開ける。するとこのトランクには帯封ありの新札が隙間なくびっちりと詰まっていた。取り出そうとしただけで手が切れそうだ。

カイジはそれ以上、小さい方のトランクの中身を改めることはせず、もう一方のトランクを開ける。こちらも札束で一杯だったがところどころ隙間もあり、おまけに使用済みの札も沢山混ざっているのか微妙に凸凹している。

残り時間は十秒切っていた。だがカイジの答えは既に決まっていた。

「こっちだ！」

カイジが選んだのは小さい方のトランクだった。

こんなもの考えるまでもない。大きさでは向こうに少し劣っても、こっちは詰まっている密度が違う。そしてその考えを裏打ちするように、小さいトランクの方が重かったのだ。

「ほんと金が好きだよね。カイジって」

加奈子は残った方のトランクを愛おしむように撫《な》でた。

「うるせえ。お前もだろ」

笑うカイジと加奈子。そしてつられて廣瀬も笑う。

「おまえらはこれからどうすんだ？」

「私はしばらく世界を旅して好きに過ごすわ。それで飽きたら……また女優を目指すかも。湊はどうするの？」

水を向けられた廣瀬は柔らかく微笑んで答える。

「自分を見つめ直します。今までは人も社会も恨んでばかりの人生でした。でもこれからはもっと違った生き方をしたいです。母と……父の分まで」

そう語る廣瀬の声にもう迷いはなかった。この様子ならきっとまたやり直せるだろう。

「つまり、特にすることがないってことよね？」

「まあ、そういうことになりますかね……」

「おい、加奈子。言い方ってもんがあるだろ！」

カイジが怒ると、加奈子は慌てたようにこう言う。

「いや、私はただ……マネージャーやってほしくて。東郷さんの秘書を立派に務めてた人材とここでバイバイってのはもったいないでしょ？」

廣瀬は曖昧に微笑んで、肯く。

「……それもいいかもしれませんね」

カイジは苦笑する。

ちゃっかりした女だ。だが加奈子にとっても廣瀬にとっても、それがいいのかもしれない。

「じゃあ早速、私の荷物運んでね」

「早速、生きる目的が見つかったな」

カイジの冗談に加奈子も廣瀬も笑う。


アジトを後にし、しばらく三人で歩いていると分かれ道に行き当たった。確か、どちらに行っても街に出るはずだ。

「ちょうどいいじゃん。ここでお別れしよ」

そういえばここは最初に加奈子と出会った場所だ。

「そうだな。ここが丁度いいな」

「じゃあ、私たちはこっちから行くから」

「おう。元気でやれよ」

カイジはらしくもなく、去っていく二人の背中を眺める。

あいつらはあっち、オレはこっち……そろそろ行くか。

そう思ってカイジがもう一つの道を向くと、幽鬼の如き形相でカイジを睨んでいる男が立ちはだかった。

「高倉か……」

見たところたった一人だが、それでもこちらには億の金が入ったトランクがある。

高倉を振り切って逃げるのは不可能だろう。

「貴様……何をした！」

高倉の姿を認めたカイジは少し弱った様子で頭を掻く。

「ああ、廣瀬からアジトの位置まで聞いてたのか……」

「全てだ。全てを話せ！」

「さて、何から話したものかな……」

カイジはトランクから手を離し、高倉と対峙した。ひとまず逃亡するつもりはないと見ていいだろう。

「そうだな……実はトランクの鍵が翌日の正午に自動解除されることなら、オレも印刷局の連中から聞いて知っていた」

「なんだと？」

「だから時間のない状況を作り、こっちからあんたに勝ち目のあるジャンケンを提案すれば必ず乗って来ると踏んだ」

実際、高倉はまんまとカイジの提案に乗ってしまった。

「オレはその場でトランクに旧円が入っていることを知られないために、トランクの鍵だけを奪う必要があった。だから最初から一回勝ちさえすれば良かったんだ」

「あれは全部茶番だったのか……？」

「おまえだってそう思ってたんだろ？」

カイジはそう言ってニヤリと笑う。勿論、高倉も茶番のつもりでゴールドジャンケンに挑んだわけだが、それはカイジも承知の上だったようだ。ただ、高倉は相手の勝利条件を誤認していた……。

「トランクの鍵が自動解除されることを知っているおまえなら、最悪そのカードを捨ててもいいはずだと考える。つまり三戦目まで残るカードはトランクの鍵だとわかっていた。だからオレは三戦目までに一回勝つことだけに賭けたんだ」

「バカな……そんなことに何の意味がある？」

そもそもカイジは勝つ必要なんてない。廃案にしたければカイジは別に三戦全敗でも構わないのだ。闇僚たちだってコンテナ内に旧円のトランクしかないとわかれば、急いで廃案に動いていただろうに。

「そろそろかな。ニュースでも見てみろよ」

カイジの言葉に厭な予感を覚えて、高倉はスマートフォンでニュースを確認する。

そして思わずため息が漏れた。

「なんてことだ……」

ニュースによると様々な動画投稿サイトに、旧円と新円を交換しようとして閉じ込められた闇僚たちの醜態の模様がつい先ほどアップロードされたそうだ。運営で消去しているものの焼け石に水で、どんどん拡散しているともある。

「万全のセキュリティのための防犯カメラも、まさかこうして使われるとは皮肉だな」

その口ぶりで、カイジたちが防犯カメラの権限も含めて印刷局を買収したのだとわかった。

あの動画が白日の下に晒《さら》されてしまった以上、内閣総辞職は避けられないだろう。それどころか政権も交代するかもしれない。

「お偉いさんたちは政策を撤回すりゃプラマイゼロだろうさ。だが、それじゃオレたちの腹の虫が収まらなかったんだよ。だから残りの金塊を全部ぶっ込んで、あいつらに意趣返しをしてやったんだ」

「貴様ァ！」

高倉は叫ぶと、カイジの胸ぐらを摑んだ。そして殴るべく、握る拳を固める。

「どうした？　暴力は嫌いじゃなかったのかよ!?」

今回の法案が流れても、渋沢政権さえ続けばまだやりようはあった。その望みをこの男が完全に断ってしまったのだ。

「いいよ、殴れよ！　殴ってみろよ！　早く！」

殴れば自分が軽蔑していた連中と同じになってしまう。その思いが高倉の手を止めた。それに冷静になれば、こんなことで溜飲《りゅういん》を下げても何の意味もない。

「……なんて愚かなことを」

高倉はカイジを放す。最早どう足掻《あが》いても、渋沢は総理辞任を免れないだろう。それは同時に高倉の失脚を意味する。

だが地位を失ったことが悔しいのではない。人生を賭して進めてきた日本再生の計画が崩壊したことが悔しいのだ。

そして天に触れど天を掴み損なったような喪失感だけが高倉の中にあった。

そんな高倉を見て、カイジは何気ない口調でこう言った。

「なんだ、そんなツラして。おまえ、挫折は初めてか?」

なんて脳天気な……こいつは何もわかっていない!

「わかってるのか? おまえのしたことはこの国を潰すことだ! 沈めることだ! この国が唯一生き残る再生の道をおまえが潰したんだ! 日本を救う唯一の道を!」

「何が日本を救うだ! おまえのしたことは単なる弱者切り捨てだろ!」

「その弱者が日本を食い潰しているんだ!」

高倉は激昂した。

「年金、医療費、生活保護……その重みに日本という船が沈みかけている。仕方ないんだ……犠牲は……多少の犠牲は仕方がない。この国を日本を、次の世代に繋げていくために、今たとえ血を流したとしてもこの日本を救うために！」

十年前の高倉が出した結論は、自らの手で愛《いと》しい日本にとどめを刺すことだった。そう、この国がどうしようもなくなってゆっくり沈む前に……。

この『改革』で多数の弱者が淘汰《とうた》される。それでも……弱者と共に沈むのでなければ、生き残った者たちがきっと日本を再生してくれる。そう信じてこの十年、やってきたのだ。

「ふざけんなって！　おまえが救おうとしたのはあの政治家どもだ！　日本じゃない！」

だがこの目の前の男は高倉の理想の一％も理解できていない様子だった。

「勘違いするな。オレは別にあいつらを勝ち逃げさせたかったわけじゃない。利用しただけだ。おまえらのような何ら生産性のない人間を排除し、新しい日本をこの手で作るために奴らを使って最良の選択を……」

「日本はオレたちだよ。圧倒的多数のオレたち、普通の奴らが日本でなくてなんなんだ⁉　苦しいのはみんな一緒だろ。みんなで泥水すすりゃいいじゃねえか！　まっさらな国にしたいってのはおまえの都合だろ！」

「私はただ、滅び行く日本を理想の国にしたかっただけだ……」

「うぬぼれてんじゃねえって！　いったい何様のつもりだよ。誰が、何にBETするかは自分で決めるもんだ。勝負すべき人間が決めるんだよ。いい加減に認めろよ。おまえは負けたんだ。おまえが排除しようとしていた虫けらたちに」

カイジの言う通りだ。私はこいつらに敗れたのだ。愚か者たちの死に物狂いの抵抗を読み誤った……。

「……まったく、頭がいいと見えなくていいものまで見えちまうようだな」

カイジはため息を吐く。

「いいじゃねえか。別にまっさらな国じゃなくても。それにひょっとしたら……これから大逆転するかもしれねえだろ？」

そう事も無げに言うカイジの姿を見て、高倉は呆気《あっけ》にとられる。

この男はまだ日本に先があると思っているのだ。

「いつだってオレには今しかないし、先の先のことなんてわからねえけど……別にわからなくたってこうして生きてるだろ」

「……これ以上、私にどうしろというんだ？」

「おまえは頭が切れて傲慢でいけ好かねえ奴だが……オレは案外嫌いじゃない。やればいいじゃねえか、日本再生。できれば今回とは違うやり方でな。何せ、おまえはオレと違って先の先が見えるんだから」

「……私にまた立ち上がれと？」

カイジは肩を竦める。

「さあな。それはおまえが決めろよ」

それはいつだったか教授から言われた言葉と同じで……。

「内容のない慰めでも今は染みるな」

カイジはその言葉に応えることもなく、トランクを引き摺って去って行った。

「うめえ！」

カイジは銀座の高級焼肉店で一人祝杯をあげていた。

高倉の奴はオレを追いかけてこなかったし、上手いことトランクも運び出せた。いやー、めでたしめでたしじゃねえか。

景気が悪かろうが富を貯め込んでいる者たちがいる以上、そうした層がターゲットの店はちゃんと営業している。

最初はカイジの風体を見て追い返そうとしていた店員も、トランクをちょっと開けて見せたら奥の個室に案内してくれた。

大槻に奢られた時からずっと、焼き肉定食を食べたいという気持ちが心から離れなかった。だから金を摑んだらすぐに焼き肉定食と決めていたのだが、ここまで大勝利したのなら定食なんてケチ臭いこと言わず高級焼き肉で豪遊するべきと思ったのだ。

焼いた肉を口に運びつつ、トランクをチラリと見る。

しかしこれだけの現金を持ち歩くのは危険かもしれないな。オレはまだ大槻から恨まれてるし、もし襲われでもしたらどうにもならねえ。せめてどこかに預けて身軽にならねえと。

そこに店員が新しい皿を運んでくる。

「お待たせしました。黒毛和牛の上ヒレとシャトーブリアンです」

見ただけで涎《よだれ》が出てきた。なるべく肉を沢山食べるために米を注文しなかったが、これを我慢できたら人間じゃない。

「白飯大盛り。それと生ビールおかわり！」

店員を見送り、カイジは再びトランクの金のことを考える。

でも一度に何億も預けたら怪しまれるかな……面倒でも一千万円ずつどこかの銀行に預けていくのがいいのかもしれねえ。

そんなことを考えていると、カイジは自分がいくら持っているのか改めて気になり始めた。

ちょっと確認してみるか。

カイジはトランクを開け、レンガのような札束の内の一つを抜き出す。だがそのレンガをパラパラ捲ってみてカイジは驚愕する。

ちょっと待て。これは札じゃない……ダミーだ。

その札束は一番上以外、全てが何も刷られていない紙だった。

カイジは知る由もなかったが、カイジが一足先にドリームジャンプに向かった後、こんな一幕があった。

「ねえ、あんたら」

遠藤は加奈子と廣瀬に威圧的に話しかけてきた。

「なんですか？」

「まさか本当にただで教えてもらったと思ってない？　私にも寄越しなよ、分け前」

「でも、分け前は人数分しか……」

「カイジの分があるでしょ。それ私に寄越しなよ」

「え？　いや、それはちょっと……」

加奈子が難色を示すと、遠藤はかぶりを振る。

「乗らないなら話はここまで。機械室の場所は教えない。あいつはバンジーで死ぬ」

「そんな……人でなし！」

「遠藤さんのお話に乗るしかないというのは理解してます。だけど……僕はもう裏切りたくないんです」

廣瀬の言葉ももっともだ。加奈子だって今回の戦いのキーパーソンであるカイジを裏切りたくはない。

「あら、裏切りじゃなかったらいいのね？」

そう言って遠藤は一枚の紙を取り出した。

「あいつはね、『バベルの塔』で勝つために人に金を出してもらっておきながら、屁理屈こねて、まんまと踏み倒したのよ」

「この汚い字……間違いなくカイジの字だわ」

加奈子の言葉に廣瀬も神妙な顔で肯く。

「で、私は無駄な出費に泣いてた大槻に手間賃を払って、この念書を引き取ったの。魔法のキーを手に入れたカイジが何か大きな勝負に関わることを期待してね。わかる？　この念書がある以上、あいつに自分の取り分を独り占めする根拠はないってことよ」

そう言われてみると遠藤の言うことにも理があるように思えてきた。

「うーん……じゃあ、カイジの取り分を半分だけ渡せばいいんですか？」

「それじゃ、ちょっと違うのよね。オール・オア・ナッシングってのがあいつにはぴったりというか……」

加奈子は時計を見る。これ以上遠藤の話に付き合っていたらカイジがドリームジャンプで死ぬことになる。

痺れを切らした加奈子は単刀直入に訊ねた。

「それで、具体的にはどうしたらいいんですか？」

「そうね……」

遠藤は少し悩んでから、加奈子にこう提案した。

「最後の最後でいい。カイジにちょっとしたギャンブルを仕掛けてほしいの」

そして……カイジと別れた加奈子と廣瀬の前に一台の車が停まる。

「遅かったじゃない。待ちくたびれたわ」

運転席から顔を覗かせたのは遠藤だ。それを見て、加奈子と廣瀬は慌てて車に駆け寄った。

「すみませんでした」

「それで首尾は？」

加奈子は廣瀬に目で合図を送る。廣瀬は周囲に他の人間がいないことを確認するとトランクの中身を遠藤に見せる。

「御苦労様。あいつはまんまとハズレを摑んだのね」

遠藤は車から降りると、廣瀬からトランクを受け取る。

「というわけであいつとのギャンブルは私の勝ちね」

「遠藤さん、かっこいい……憧れちゃいます」

「おだてたって何も出ないわよ」

とは言いつつ、遠藤は微笑む。

「……ほら、乗りなさい。あんたたち、送ってあげる」

「やったあ！」

加奈子はそう言うと後部座席のドアに手をかける。

「でもあんた、自分の取り分は？」

「それなら、ほらこの通り！」

加奈子は鞄《かばん》を後部座席に置くと、静かにファスナーを開く。その中には万札がぎっしり詰まっていた。

「あのトランクから抜いた分、全部これに詰めたんです」

加奈子はみなが寝ている間に、トランクの一つの中身を抜き出してこの鞄に詰め、トランクは一番上以外ダミーの札束で満たしておいたのだ。

加奈子の苦労はそれだけではない。万が一にもハズレのトランクが菅原たちの手に渡らないように、バケツリレー形式まで提案したのだ。

あとは残った二つのトランクでカイジにギャンブルを提案するだけ……カイジが札のびっちり詰まったトランクを選ぶのは明らかだったし、時間制限を設ければわざわざ中身を改めたりしないのもわかりきっていた。

振り返ると今日の加奈子の行動はどれも不自然だと自分でも思うのだが、カイジがうっかり見逃してくれて本当によかった。

「でもこの鞄、背負ってみたら滅茶苦茶《めちゃくちゃ》重くて……そのトランクを湊が持ってくれなかったら、とてもここまで歩けなかったわ」

廣瀬は苦笑する。

「せっかくチャンスを与えてやったのに、欲深い男ねぇ」

加奈子はふと気になって、遠藤に訊ねた。

「あの、もしかして最初からこうするつもりでカジノで待機してたんですか？」

「当たり前。気晴らしでギャンブルに張る金貸しがいるわけないでしょ。まあ、あいつももう少し冷静だったら疑えたんだろうけど……本当に先の先を読むのが下手なやつね」

遠藤は肩を竦めると、ここにいないカイジを探すように視線を泳がせた。

「ま、カイジのことなら気にしなくていい。あんなに底辺の生活が似合う男なんていないから。お金がないならないなりにたくましく生きるでしょうね」

そう言って遠藤は車を発進させた。


トランクの中にあった本物の札は一番上の一万円札だけだった。全部で二十七枚……二十七万円が今回のカイジの報酬だった。

「ふざけんなよ!!　何なんだよこれ!?　どういうこと?」

カイジはすぐに加奈子の仕業だと気がついた。

あの時、ちゃんと札の下まで確認しておけば……いや、ぴっちり詰まった札を取り出すなんて面倒だし、そこまで計算しての制限時間三十秒か……。

いや、加奈子よりも今はここの支払いだ。

カイジは慌ててメニューを見る。生ビールは一杯五千円な上、頼んだ肉はどれも全部時価だった。今かき集めた二十七万で足りるのかどうかさえわからない。

いや、ここはもう会計して、それでも金が残ったら、それを元手にまたギャンブルで増やせばいい。

店員が入って来る気配がしたので、カイジは慌ててダミーだらけのトランクを閉じる。

「お待たせしました。ライスと生ビールでございます」

ところが泡が弾《はじ》ける生ビールを見た瞬間、「お会計」という言葉が出てこなくなった。

クソ。どうなろうと知るか。とりあえず今日はとことん飲んでやる。

「あー、キンキンに冷えてやがるぜ。くぅー、悪魔的だ」

やっぱりオレには先の先を読む才能がない。また金を摑み損なっちまった。けど、だからってここで会計して帰るのは違う。世のまともな連中は先のことを考えて金を貯めろ慎ましく生きろと言うだろうが、ここで有り金全て飲んじまうのが人間だと思う。そして……そんな奴でも生きてていい世の中であってほしい。

カイジは網からつまみ上げた肉で白米を巻き、タレや脂の一滴の一滴もこぼさぬように口に運ぶ。嚥下した後、その余韻を楽しみつつ冷えたビールを流し込む……最高だ。金を持っていった加奈子に恨みはあるが、そんなことがどうでもよくなるぐらい美味い。稼ぐあてなんかないが、また金を掴んでここに来ようという気持ちになれる。

やはりオレたち人間は無為に耐えられるようにはできてないらしい。人間は一時だけ我慢することはできても、無期限の我慢は無理だ。ましてや爪に火を灯すような真似をしながら撤退戦のような毎日を暮らせない。贅沢せずに魂がくすぶり続ける日々を送ってたらやがては生ける屍になっちまう。

ジイさん、あんたのお陰でオレはこの瞬間を迎えることができた。骨折り損のくたびれ儲けかもしれないが……きっとまたやり直せるさ。

もういない東郷を思って、カイジは一人ジョッキを掲げた。

本書は、映画「カイジ　ファイナルゲーム」を原作・原案として、
著者が書き下ろした小説です。

|著者| 円居 挽　1983年、奈良県生まれ。京都大学卒業。京都大学推理小説研究会に所属。2009年『丸太町ルヴォワール』で講談社BOXよりデビュー。他の著書にシリーズ2作目『烏丸ルヴォワール』、3作目『今出川ルヴォワール』、4作目『河原町ルヴォワール』、『シャーロックノート――学園裁判と密室の謎』、『キングレオの冒険』などがある。

|原作| 福本伸行　1958年、神奈川県生まれ。'80年『よろしく純情大将』でデビュー。代表作は『賭博黙示録カイジ』、『天』、『銀と金』、『最強伝説 黒沢』、『賭博覇王伝 零』、『アカギ』など多数。'98年に『賭博黙示録カイジ』で第22回講談社漫画賞受賞。

カイジ ファイナルゲーム 小説版《しょうせつばん》

円居《まどい》 挽《ばん》｜原作 福本伸行《ふくもとのぶゆき》

講談社文庫
定価はカバーに表示してあります

2019年11月14日第1刷発行
2022年8月1日第2刷発行

発行者――鈴木章一
発行所――株式会社 講談社
東京都文京区音羽2-12-21　〒112-8001
電話 出版 (03) 5395-3510
　　 販売 (03) 5395-5817
　　 業務 (03) 5395-3615

KODANSHA

デザイン―菊地信義
本文データ制作―講談社デジタル製作
印刷―――株式会社KPSプロダクツ
製本―――株式会社国宝社

Printed in Japan

ISBN978-4-06-517819-5

講談社文庫刊行の辞

二十一世紀の到来を目睫に望みながら、われわれはいま、人類史上かつて例を見ない巨大な転換期をむかえようとしている。

世界も、日本も、激動の予兆に対する期待とおののきを内に蔵して、未知の時代に歩み入ろうとしている。このときにあたり、創業の人野間清治の「ナショナル・エデュケイター」への志を現代に甦らせようと意図して、われわれはここに古今の文芸作品はいうまでもなく、ひろく人文・社会・自然の諸科学から東西の名著を網羅する、新しい綜合文庫の発刊を決意した。

激動の転換期はまた断絶の時代である。われわれは戦後二十五年間の出版文化のありかたへの深い反省をこめて、この断絶の時代にあえて人間的な持続を求めようとする。いたずらに浮薄な商業主義のあだ花を追い求めることなく、長期にわたって良書に生命をあたえようとつとめるところにしか、今後の出版文化の真の繁栄はあり得ないと信じるからである。

同時にわれわれはこの綜合文庫の刊行を通じて、人文・社会・自然の諸科学が、結局人間の学にほかならないことを立証しようと願っている。かつて知識とは、「汝自身を知る」ことにつきていた。現代社会の瑣末な情報の氾濫のなかから、力強い知識の源泉を掘り起し、技術文明のただなかに、生きた人間の姿を復活させること。それこそわれわれの切なる希求である。

われわれは権威に盲従せず、俗流に媚びることなく、渾然一体となって日本の「草の根」をかたちづくる若く新しい世代の人々に、心をこめてこの新しい綜合文庫をおくり届けたい。それは知識の泉であるとともに感受性のふるさとであり、もっとも有機的に組織され、社会に開かれた万人のための大学をめざしている。大方の支援と協力を衷心より切望してやまない。

一九七一年七月

野間省一

松岡圭祐　瑕《か》疵《し》借り
松原始　カラスの教科書
益田ミリ　五年前の忘れ物
益田ミリ　お茶の時間
マキタスポーツ　一億総ツッコミ時代〈決定版〉
丸山ゴンザレス　ダークツーリスト〈世界の混沌《かおす》を歩く〉
松田賢弥　したたか　総理大臣・菅義偉の野望と人生
真下みこと　#柚莉《ゆり》愛《あ》とかくれんぼ
松野大介　インフォデミック〈コロナ情報氾濫〉
三島由紀夫
TBSヴィンテージクラシックス 編　告白　三島由紀夫未公開インタビュー
三浦綾子　ひつじが丘
三浦綾子　岩に立つ
三浦綾子　あのポプラの上が空〈新装版〉
三浦明博　滅びのモノクローム
三浦明博　五郎丸の生涯
宮尾登美子　新装版　天璋院篤姫(上)(下)
宮尾登美子　新装版　一絃の琴
宮尾登美子　東福門院和子《まさこ》の涙(上)(下)〈レジェンド歴史時代小説〉
皆川博子　クロコダイル路地

宮本輝　骸骨ビルの庭(上)(下)
宮本輝　新装版　二十歳《はたち》の火《ほ》影《かげ》
宮本輝　新装版　命の器
宮本輝　新装版　避暑地の猫
宮本輝　新装版　ここに地終わり 海始まる(上)(下)
宮本輝　新装版　花の降る午後(上)(下)
宮本輝　新装版　オレンジの壺(上)(下)
宮本輝　にぎやかな天地(上)(下)
宮本輝　新装版　朝の歓び(上)(下)
宮城谷昌光　夏姫春秋(上)(下)
宮城谷昌光　花の歳月
宮城谷昌光　重《ちょう》耳《じ》（全三冊）
宮城谷昌光　介《かい》子《し》推《すい》
宮城谷昌光　孟嘗君　全五冊
宮城谷昌光　子産(上)(下)
宮城谷昌光　湖底の城〈呉越春秋〉一
宮城谷昌光　湖底の城〈呉越春秋〉二
宮城谷昌光　湖底の城〈呉越春秋〉三
宮城谷昌光　湖底の城〈呉越春秋〉四

宮城谷昌光　湖底の城〈呉越春秋〉五
宮城谷昌光　湖底の城〈呉越春秋〉六
宮城谷昌光　湖底の城〈呉越春秋〉七
宮城谷昌光　湖底の城〈呉越春秋〉八
宮城谷昌光　湖底の城〈呉越春秋〉九
宮城谷昌光　俠骨記〈新装版〉
水木しげる　コミック昭和史1〈関東大震災～満州事変〉
水木しげる　コミック昭和史2〈満州事変～日中全面戦争〉
水木しげる　コミック昭和史3〈日中全面戦争～太平洋戦争開始〉
水木しげる　コミック昭和史4〈太平洋戦争前半〉
水木しげる　コミック昭和史5〈太平洋戦争後半〉
水木しげる　コミック昭和史6〈終戦から朝鮮戦争〉
水木しげる　コミック昭和史7〈講和から復興〉
水木しげる　コミック昭和史8〈高度成長以降〉
水木しげる　総員玉砕せよ！
水木しげる　敗走記
水木しげる　白い旗
水木しげる　姑《クー》娘《ニャン》
水木しげる　決定版　日本妖怪大全〈妖怪・あの世・神様〉

水木しげる　ほんまにオレはアホやろか
宮部みゆき　新装版 震える岩〈霊験お初捕物控〉
宮部みゆき　新装版 天狗風〈霊験お初捕物控〉
宮部みゆき　ICO《イコ》—霧の城—(上)(下)
宮部みゆき　ぼんくら(上)(下)
宮部みゆき　新装版 日暮らし(上)(下)
宮部みゆき　おまえさん(上)(下)
宮部みゆき　小暮写眞館(上)(下)
宮部みゆき　ステップファザー・ステップ〈新装版〉
宮子あずさ　看護婦が見つめた人間が死ぬということ
宮本昌孝　家康、死す(上)(下)
三津田信三　忌《い》館《かん》〈ホラー作家の棲む家〉
三津田信三　作者不詳〈ミステリ作家の読む本〉(上)(下)
三津田信三　蛇《じゃ》棺《かん》葬《そう》
三津田信三　百《ひゃく》蛇《じゃ》堂《どう》〈怪談作家の語る話〉
三津田信三　厭魅《まじもの》の如き憑くもの
三津田信三　凶鳥《まがとり》の如き忌むもの
三津田信三　首無《くびなし》の如き祟るもの
三津田信三　山魔《やまんま》の如き嗤《わら》うもの
三津田信三　水魑《みづち》の如き沈むもの
三津田信三　密室《ひめむろ》の如き籠《こも》るもの
三津田信三　生霊《いきだま》の如き重《だぶ》るもの
三津田信三　幽女《ゆうじょ》の如き怨むもの
三津田信三　碆霊《はえだま》の如き祀るもの
三津田信三　魔偶《まぐう》の如き齎《もたら》すもの
三津田信三　シェルター 終末の殺人
三津田信三　ついてくるもの
三津田信三　誰かの家
三津田信三　忌《い》物《ぶつ》堂《どう》鬼《き》談《だん》
道尾秀介　カラスの親指〈by rule of CROW's thumb〉
道尾秀介　カエルの小指〈a murder of crows〉
道尾秀介　水の柩
深《み》木《き》章《あき》子《こ》　鬼畜の家
湊かなえ　リバース
宮内悠介　彼女がエスパーだったころ
宮内悠介　偶然の聖地
宮乃《みやの》崎桜子《さきさくらこ》　綺《き》羅《ら》の皇女《ひめみこ》(1)
宮乃崎桜子　綺羅の皇女(2)
三國青葉　損料屋見鬼《けんき》控え 1
三國青葉　損料屋見鬼控え 2
三國青葉　損料屋見鬼控え 3
宮西真冬　誰かが見ている
宮西真冬　首の鎖
宮西真冬　友達未遂
南　杏子　希望のステージ
村上　龍　愛と幻想のファシズム(上)(下)
村上　龍　村上龍料理小説集
村上　龍　新装版 限りなく透明に近いブルー
村上　龍　新装版 コインロッカー・ベイビーズ
村上　龍　歌うクジラ(上)(下)
向田邦子　新装版 眠る盃
向田邦子　新装版 夜中の薔薇
村上春樹　風の歌を聴け
村上春樹　1973年のピンボール
村上春樹　羊をめぐる冒険(上)(下)
村上春樹　カンガルー日和
村上春樹　回転木馬のデッド・ヒート

講談社文庫　目録

村上春樹　ノルウェイの森 (上)(下)
村上春樹　ダンス・ダンス・ダンス (上)(下)
村上春樹　遠い太鼓
村上春樹　国境の南、太陽の西
村上春樹　やがて哀しき外国語
村上春樹　アンダーグラウンド
村上春樹　スプートニクの恋人
村上春樹　アフターダーク
村上春樹／佐々木マキ絵　羊男のクリスマス
村上春樹／佐々木マキ絵　ふしぎな図書館
村上春樹／糸井重里　夢で会いましょう
村上春樹・文／安西水丸・絵　ふわふわ
U.K.ル=グウィン／村上春樹訳　空飛び猫
U.K.ル=グウィン／村上春樹訳　帰ってきた空飛び猫
U.K.ル=グウィン／村上春樹訳　素晴らしいアレキサンダーと、空飛び猫たち
U.K.ル=グウィン／村上春樹訳　空を駆けるジェーン
T.ファリッシュ著／B.ルート絵／村上春樹訳　ポテト・スープが大好きな猫
村山由佳　天翔る
睦月影郎　密通妻

睦月影郎　快楽アクアリウム
向井万起男　渡る世間は「数字」だらけ
村田沙耶香　授乳
村田沙耶香　マウス
村田沙耶香　星が吸う水
村田沙耶香　殺人出産
村瀬秀信　気がつけばチェーン店ばかりでメシを食べている
村瀬秀信　それでも気がつけばチェーン店ばかりでメシを食べている
虫眼鏡　東海オンエアの動画が6.4倍楽しくなる本〈虫眼鏡の概要欄　クロニクル〉
森村誠一　悪道
森村誠一　悪道　西国謀反
森村誠一　悪道　御三家の刺客
森村誠一　悪道　五右衛門の復讐
森村誠一　悪道　最後の密命
森村誠一　ねこの証明
毛利恒之　月光の夏
森博嗣　すべてがFになる〈THE PERFECT INSIDER〉
森博嗣　冷たい密室と博士たち〈DOCTORS IN ISOLATED ROOM〉
森博嗣　笑わない数学者〈MATHEMATICAL GOODBYE〉

森博嗣　詩的私的ジャック〈JACK THE POETICAL PRIVATE〉
森博嗣　封印再度〈WHO INSIDE〉
森博嗣　幻惑の死と使途〈ILLUSION ACTS LIKE MAGIC〉
森博嗣　夏のレプリカ〈REPLACEABLE SUMMER〉
森博嗣　今はもうない〈SWITCH BACK〉
森博嗣　数奇にして模型〈NUMERICAL MODELS〉
森博嗣　有限と微小のパン〈THE PERFECT OUTSIDER〉
森博嗣　黒猫の三角〈Delta in the Darkness〉
森博嗣　人形式モナリザ〈Shape of Things Human〉
森博嗣　月は幽咽のデバイス〈The Sound Walks When the Moon Talks〉
森博嗣　夢・出逢い・魔性〈You May Die in My Show〉
森博嗣　魔剣天翔〈Cockpit on knife Edge〉
森博嗣　恋恋蓮歩の演習〈A Sea of Deceits〉
森博嗣　六人の超音波科学者〈Six Supersonic Scientists〉
森博嗣　捩れ屋敷の利鈍〈*The Riddle in Torsional Nest*〉
森博嗣　朽ちる散る落ちる〈Rot off and Drop away〉
森博嗣　赤緑黒白〈Red Green Black and White〉
森博嗣　四季　春〜冬
森博嗣　φ《ファイ》は壊れたね〈PATH CONNECTED φ BROKE〉

2022年6月15日現在